U0063463

時　震

TIMEQUAKE

著◎馮內果(Kurt Vonnegut)
譯◎陳靜萍

馮內果作品集 19

Copyright © 1999 by Rye Field Publishing Company.
Original English language edition Copyright © 1997 by Kurt Vonnegut
All right reserved including the right of reproduction in whole or in part in any form.
This edition published by arrangement with G.P. Putnam's Sons a member of Penguin Putnam Inc.
in association with Big Apple Tuttle-Mori Agency

馮內果作品集 19

時　震

TIMEQUAKE

作　　者：馮內果(Kurt Vonnegut)
譯　　者：陳靜萍
責任編輯：陳重光

發 行 人：陳雨航
出　　版：麥田出版股份有限公司
發　　行：城邦文化事業股份有限公司
台北市信義路二段 213 號 11 樓
電話：(02)2396-5698　傳真：(02)2357-0954
郵撥帳號：18966004
城邦文化事業股份有限公司
香港發行所：城邦(香港)出版集團
香港北角英皇道 310 號雲華大廈 4/F，504 室
電話：25086231　傳真：25789337
新馬發行所：城邦(新、馬)出版集團
Penthouse, 17, Jalan Balai Polis,
50000 Kuala Lumpur, Malaysia
電話：603-2060833　傳真：603-2060633
印　　刷：凌晨企業有限公司
登 記 證：行政院新聞局局版北市業字第 405 號
初版一刷：1999 年 3 月 1 日

版權所有・翻印必究
ISBN：957-708-767-1

售價：240 元　　Printed in Taiwan

〔序〕

在荒誕的世界發現人生的意義

——試論馮內果的作品

陳長房

馮內果（Kurt Vonnegut, Jr. 1922—）科學的知識豐富，形塑了他獨樹一幟的風格：以科學幻想的意境諷喻現實，將荒誕不經的遐思與重大的社會政治寓言合而爲一。從他五〇年代問世的《自動鋼琴》（*Player Piano*, 1952）以來，他完成了近二十部作品，其中大多是長篇小說，兼及短篇故事、舞臺劇和評論集。

・想像如鋼線撥入高空向宇宙深處遠航

他早期的作品主要採用傳統的藝術手法，科學幻想的成分比較突出，因此在五〇年代他被視爲一般的科幻小說家。其中的內容，或上溯渺茫混沌，直觸時空的核心，想像如鋼線撥入高空向宇宙深處遠航，進入神祕不可捉摸的領域。馮內果有時運用星際空間宏闊開放的場域，以極盡誇張矯飾的描述，指出人類行爲的毫無意義。在《自動鋼琴》裏，作者描繪一個陰黯不明的未來視景，故事主要的衝突源自人類和機器之間所衍生的衝突。物據雕鞍人做馬，人爲物役的局面是以一架自動演奏的鋼琴表現出來。一位傑出的藝術家的演奏竟然被一部機器所複製、摹仿，演奏者本人則成了無用多餘的廢物。小說反映了現代人的困境和尷尬。人類生活在荒誕詭譎的世界裏，隨時隨地皆可能被異己的力量所吞噬和剝削毀滅。如何努力維護獨立自主的特性，掙脫別人所設置的陷阱和圈套，一直是身處於複雜的西方社會裏的當代人所面臨的一個重大課題。

第二部作品《泰坦星的海妖》（*The Sirens of Titan*, 1959）探討處於荒謬神祕的宇宙中，人類經常遭受到的愚弄和利用，在變動不居的事件中，人類常不由自主地變爲祭品。作者慨嘆科學雖然發達可以遨遊無窮之域，但是人類卻未必能按個人的自由意志行事，人類也未必能主宰自己的命運。處處受外力的制約，爲別人所利用，主角在火星上被剝奪了記憶和思維的能力，只有聽人差遣擺布。主角在泰坦星上最後的日子裏，由一個自私無知、放蕩不羈的人頓然變成了謙恭有禮、奮發進取，終於明白愛的眞諦，人類要尋求生活的意義，必須向內心探索，不假外求，不是到外部獵奇。一心想駕馭控制別人，最後還是不會明白愛，必然孤獨無依，在廣漠荒寒的宇宙中永遠漂泊了。

《夜母》（*Mother Night*, 1962）表面是描述一位充當希特勒英語廣播員的美國情報人員的故事。故事的場景，仍是一個缺乏眞理的世界，人類陷入一個多種力量相互頡頏競爭的泥沼中，扮演著自相矛盾的角色。在這部小說的序言，作者曾提出一段發人深省的話：「人類是自己虛僞建構出來的東西，因此，對於一切的巧飾僞裝，我們都輕忽不得。」人類之所以不能以眞面目顯現在世人面前，按照個人的理想和自我的意志獨立生活，除了人性本身的缺陷外，外在無情殘酷的世界也是主因。故事的主人翁自己承認無法明辨是非，因此犯下背叛殘忍、違背良知的罪行。但是，他也暗示人類一切的愚昧罪行的根源或許是瘋狂而失去理性的世界所逼。個人的行爲只不過是「無盡的黑暗」——「黑夜母親」的產物。作者援引了《浮士德》的名言作爲作品的標題，寄意遙深。在這茫茫黝黯的黑夜中，善與惡、是與非、好與壞，一切都撲朔迷離、顚倒逆轉、混淆不清。

・空間旅行與時間旅行是人類最後的撤退

《貓的搖籃》（*Cat's Cradle*, 1963）是一部「末日小說」，旨在說明一切都是謊言。人類一面追求和平，一面卻又竭力製造核武。科學家的「瘋狂」在於他們的「無知」。「原子彈之父」的發明在廣島毀滅數萬生靈之際，他本人卻在哄孩子玩「貓的搖籃」的遊戲。（這是一種用一圈繩子繞在雙手指上，翻出叫做「貓的搖籃」的花樣哄小孩玩的遊戲。）作者藉此象徵一切虛假僞善的東西。馮內果批判人類，爲了要攀登科學的頂峯，欲窺探宇宙的奧祕，卻又不能把知識用於造福人類的目的，其結果將導致自我毀滅。此外，馮內果也以諧擬的口吻，探討人類爲了袪除貧苦和疾病，僅憑社會改革是不足恃，《貓》書曾有人想藉著建立一種「渴望遮滅的宗教」拯救生靈於塗炭，最後卻帶來苦難和死亡。

《金錢之河》（原譯名爲《上帝保祐你，羅斯瓦特先生》〔*God Bless You Mr. Rosewater*, 1965〕）描寫一個大資本家「還財於民」的故事。小說中對於人類瘋狂的騖逐金錢的習性，有著辛辣而犀利的剖析。主人翁家族的發達史就是一部巧取豪奪的歷史。人人交相利：好比一位好的飛行員一直應尋找一處降落地點，有心人理應尋找大筆金錢要轉手的時機，抓住一切機會中飽自己。故事的主人翁雖有博愛善行的義舉，反被視爲「異端」和「瘋狂」。畢竟，這個腐朽透頂的世界並不是一兩個慈善家良心發現就能改變的。主人翁做了許多好事，竟然還有人被收買到法院僞證。看來在這個世界上，一切只能求「上帝保祐」了。人性的淪喪，莫此爲甚。

在馮內果的小說中，被動屈從、順服接受和壓抑克制是人類在面臨困境無計可施而想出來的辦法。《第五號屠宰場》（*Slaughterhouse-Five*, 1969）把科幻小說與現實境遇冶於一爐，描述人類的生活與人類的感情脫節失序的窘況。一九四五年，德勒斯登遭到轟炸，馮內果和其他戰俘在地下貯存獸肉地窖裏過了一夜，逃避頭頂上的一場狂轟濫炸。這次空難的躲避有極深刻的象徵喻意，象徵人類不時掩埋自己以求生存的方式。

小說的主人翁畢勒・皮爾格林除了在戰場上有過九死一生的經驗，他小時候學游泳也有過失去知覺，差一點溺斃的經驗。馮內果描述許多面臨生死邊緣或受苦受難的人所採取的方式是冷靜超然根本就不去想它。把自己掩埋在池底下、地底下或是宇宙底層，人類可以無視時間與空間的存在，任憑自己的心靈自由飄盪，八方馳騁。

馮內果運用科幻小說的技巧，安排主人翁一次飛往特拉法馬鐸的航行。這次的經歷讓他認識了四度空間，也學會了如何看待死亡，認爲當人死去時，他只是貌似死去。對於死亡、戰爭和人類的冰原，馮內果的回答是飛向太空。在許多描述畢勒・皮爾格林飛往特拉法馬鐸旅行中，馮內果暗示空間旅行或時間旅行是最終的撤退，是空虛之苦的終結。當你從特拉法馬鐸上，登高俯瞰芸芸衆生的一切，你頓然會覺得人類的得失成敗是非對錯皆微不足道。特拉法馬鐸不僅提供了僅次於永恆事物的優越地位，而且提供了在星際中浩邈無涯冷寂空洞的背景以觀察人間世。（畢勒有通天下地穿越時間旅行的本領，能在過去、現在、未來的永恆時空裏隨意馳騁。因此，他睡覺時是個年邁的鰥夫，醒來卻是正當新婚燕爾；走出門是一九五五年，到了門外卻是一九六六年。他看過自己無數次的生與死，他的一生不過是在碧落與黃泉生與死之間對某些事件隨意作旅行探訪。）

這篇作品的副標題是「孩童的十字軍」（The Children's Crusade），借用了中世紀誘騙兒童送死的事，影射當代戰爭的機器同樣將無數年幼無知的人送去當砲灰。馮內果借主人翁畢勒之口要住在特拉法馬鐸的人告訴他，星球上的人是如何和平相處，畢勒要把這個訊息帶回地球，好讓人類得救。

馮內果在六〇年代陸續出版的三部長篇小說《貓的搖籃》、《金錢之河》與《第五號屠宰場》，是他創作的高峯，極受西方評論界的推崇，在大學校園的青年學子中間還出現了不少「馮內果迷」。評論家也不再視馮爲一位恣肆於詭譎怪誕的世界或往來倏忽於太空科技的幻想而已；馮更關心的是二十世紀人類與社會的關係，只不過他的口吻略帶辛辣諷刺，擅於鎔鑄一些科技知識罷了。六〇年代美國文學所掀起的黑色幽默（Black Humor）風潮自然也帶給他不小的衝擊，在五〇年代到七〇年代的創作生涯中，可以《冠軍的早餐》（*Breakfast of Champions*, 1973）作爲總結。

・唯有撲朔迷離的幻想能帶給絕望的人類一絲時隱時現的朦朧光影

馮內果對人性的看法極爲悲觀，認爲人類常有自毀的傾向。而他有一種極爲獨特而且古怪的念頭，相信人類創造毀滅自己的能力是無止境的。縈繞其心揮之不去的陰影，正好也是二十世紀全人類所面臨的一些問題，諸如：人口爆炸、環境污染、種族歧視、資本家的貪婪、機械至上、毒品氾濫、全球戰爭和種族滅絕等，不一而足。馮內果認爲，人類爲自己創造了許多機械化、化學合成或以消費導向的虛假文明（an ersatz civilization）；但是在創造的過程裏，人類也逐漸物化而喪失自我。因爲科技的過度發展導致生態的失衡；經濟上財富分配的不均催化了社會架構的崩潰。馮內果也不相信未來會有不同；只要人性不變，人類的未來恐怕仍然介乎好與壞的灰色地帶游移飄盪。

《冠軍的早餐》是假托一位名叫費爾鮑・史塔奇（Philboyd Studge）作爲故事的敍述者，向讀者描述兩位孤獨而瘦弱，有相當年紀的白人在一個即將殞滅的星球上相遇的故事。一個是科幻小說家吉爾戈・圖勞特（Kilgore Trout），另一位是汽車商德韋恩・胡佛（Dwayne Hoover）。圖勞特寫了一本書，其中描寫「宇宙造物主」創造了許多生物，其中有一個是試驗品，唯有他能憑自由意志，當家作主，其他的生物皆只是按照上蒼計畫行動的機器。胡佛讀了圖勞特的書後，認爲自己就是那個創造者的試驗品，周遭的人都只是爲了刺激他，來完成這個試驗的機器，因此，他相信他們無知無覺，不知痛苦。在一次宴席上他失神瘋狂，把許多人打成重傷。

反對把人變成機器是馮內果作品一貫出現的主題，幾乎可以說是二十年來貫穿在他全部創作活動的中心思想。在《冠軍的早餐》中，作者揭示的正是資本主義社會，科技發展的極至，難免會把人類當作機器了：「每個人似乎都在搶奪他們能夠攫取到手的一切東西，特別能搶的人就像神仙似的富足。」在整個宇宙大運動中，物質和機器取代人的主體性，宰制人類。馮內果在故事中，以各種譬喻來闡明這一個觀點，黑色幽默的意涵十分濃厚。因此，一對吵嘴的夫婦是「打架機器」，打架的原因是女的想讓男的成爲「造錢機器」，男的想讓女的成爲「家務機器」，男的一怒之下趕走女的，後者就成了「哭泣機器」，男的就跑去找他的朋友「喝酒機器」和「性愛機器」，後來男的悔悟成了「道歉機器」，女的受了感動成了「原諒機器」。作者以類似這種鋪天蓋地、滑稽突梯的比喻，表現了小說的主題，揭示了作者對於人類喪失主體性和對於世界絕望的感慨。

馮內果在《冠》書結束的地方，借用敍述者史塔奇之口，對小說中一再出現的人物，科幻小說家圖勞特說：「卓先生，我快過五十歲生日了。在未來的不同歲月中，我要以托爾斯泰解放農奴的心情，使自己得到淨化和新生。托爾斯泰解放了他的農奴，托馬斯・傑佛遜解放了奴隸。我要使所有曾在我的寫作生活中忠實地爲我服務的人物得到自由。」表面上，作者雖然明言將向陪伴他近半世紀的小說人物道別，但是他七〇年代後半期到八〇年代的作品，依稀呈現他慣有的筆觸，只是更加凝鍊濃縮而已。馮內果擅長用短小精悍的語句章節，虛實相間的場景來捕捉急促跳動的時代脈搏，這種形式本身也與機械化的社會節奏遙相吻合，彷彿電影中的蒙太奇，形塑了呼應、懸念、對比、暗示、聯想的效果。此外，科幻小說的模式也讓讀者有置身於神祕奇幻的世界中。一則強調人類不僅在地球上或宇宙間，不僅在眼前或未來，人生都顯得毫無意義，既荒誕又孤獨；一則表明現實的醜惡，只有在想像中才能得到紓解，唯有撲朔迷離的幻想能帶給絕望的人類一絲時隱時現的朦朧光影。這段時期的重要作品，包括了《鬧劇》（又名「不再孤獨」〔*Slapstick, or Lonesome No More*, 1976〕）、《囚犯》（*Jailbird*, 1979），和《槍手狄克》（*Deadeye Dick*, 1982）。

・一定要在一個本來沒有道理的世界講道理，當然令人疲憊

在《鬧劇》的前言裏，馮內果談到創作小說的方法，他相信「書中的文章相互之間不需要有什麼聯繫，但作者需要作精心的選擇，好讓整體讀來能產生一種綺麗的、驚詫的、深邃的生活形象。小說不需要有開端、中心、結尾、情節、道德、寓言、效果。」因此，他的後期小說一般都沒有主要故事線索；沒有結構和細節的描寫，寥寥數筆勾勒出人物和環境；大量的插曲交錯，增加小說明快跳躍的節奏；以誇張幾近荒謬的手法，彰顯紛亂的社會現象，和隱蔽詭異的人類心理。在故事的敍述中經常用黑色幽默的口吻插入作者本人或人物的議論，這些議論有時喧賓奪主，反而成爲小說中的主要內容。而作者總是把這些議論濃縮成警策性的句子，俾能做到言簡語奇，含義深切而精警動人。不論是諷刺崇尚金錢拜物的「民主」與「司法」制度爲主題的《囚犯》，或是誤觸中子彈爆炸的《槍手狄克》，這些照馮內果看來都是歷史的錯誤、人類的災難，是荒謬世界裏無法逃避的現實，因此只能以黑色幽默一笑置之。

即使到了九〇年代，馮內果對於複雜轇轕的現代世界仍然無法完全理解。他仍然用渲染潑墨的筆調和亂針刺繡的章法來襯托現代社會的荒謬和混亂，用玩世不恭不態度對現代世界

進行冷嘲熱諷，文筆犀利幽默，語言在精煉中表現出豐潤，能隨物賦形，依然極具功力。

只是，面對荒誕世界裏一切荒誕的事物，諸如戰爭、暴行、失望、痛苦等，作家仍然很難正正經經地找到答案。充其量只能像馮內果一樣讓讀者跟著他含著眼淚微笑。（馮內果在《冠軍的早餐》裏給自己畫了一幅漫畫：鼻孔冒煙，兩眼流淚，表示他既悲傷又忿怒，這幅自畫像表達了他的眞實思想和感情。）人類對於令人絕望、異想天開、蠻橫殘暴的事物不斷冷眼旁觀，甚至無動於衷，就像馮內果的代表作《第五號屠宰場》的畢勒一樣，最後只能拋下一句：「人生就是那麼回事」（So it goes）這類嘲弄性的天問語氣。探索人性，卻有著更多的疑惑。套用《冠軍的早餐》裏科幻小說家圖勞特的話來說：「一定要在一個本來沒有道理的世界老講道理，當然是令人疲憊的。」在這個沒有道理的世界上，我們只有學習馮內果以謙卑的態度和幽默的雅量，包容人類的一切了。

陳長房，美國印地安那大學比較文學博士，現任政大英語系及研究所教授。

〔導讀〕

生命的最後一紙清單

——只有他活著回來告訴我們這些故事

唐諾

馮內果說他業已完成了他生命中的最後一本書《時震》，一切到此爲止。我個人聞訊的第一感反應是驚愕，然後才是釋然，感謝他數十年如一日爲人類所思考所做的一切，最終也還是有點悲傷。

我第一感的驚愕，係來自於我個人的一個信念或說是偏見，長期以來我一直相信，人的職業有退休之日，但人的志業卻沒有，志業應該是死而後已的，或甚至連死亡都不是終結。特別是像馮內果這樣終身和人類的愚行愚念拚搏不休的人。他應該在肉體的力量完全耗竭之後，仍帶著滿身的疑惑和未竟之言而去。去哪裏呢？去到但丁《神曲》所說的地獄第一層，那個所謂的「永恆迷惑之鄉」，加入蘇格拉底、柏拉圖等這些哲人的自討苦吃行列，那是我個人所知有關人死後世界最高貴的一處所在。那裏的人之所以不能快快樂樂上天堂，如馮內果在《生不如死》書中所言「學著在強光下睡覺」的安憩在神的榮光之中，只因爲他們不相信，信了神所有的問題就有答案會自動解決，信了神就可以停止自我麻煩般的思維，如果說把思維交出去就能得到一種懶怠的平安喜樂，那要做早就可以簡單做到了，不必拚到這最後一刻再舉雙手投降。

宗教者會把這斥爲人的剛硬高傲，我們則寧願稱之爲人的道德責任和人的尊嚴。

但話說回來，七十幾歲的老戰士想必也會覺得累了，就像馮內果在多年之前自己講過，「在一個不講理的世界中一定要講道理，總令人疲憊不堪。」他選擇了不再發言不再辯論，但這不一定能讓他運轉了幾十年（而且還一直運轉得比別人快比別人激烈）的思維說停就停，他一定還是會看到這個世界像趕赴末日般轟轟然奔馳而去，思維也還是會自動找上他困擾他吧，不管屆時他是否忍不住鼓起餘勇提筆上陣——做爲一個馮內果的讀者，這令我釋然，但仔細想想還是不免有些悲傷。

◆時震一與時震二

時震，Timequake，意思是時間的大地震，從而改變了時間的正常線性走向，它硬生生被拉回了十年，讓這悠悠的十年時光從頭再來一次。只是，馮內果說：這十年是不存在自由意志的十年，因此只是重複，沒有改變。「每分鐘，每小時，每一年都一模一樣，再次賭錯了馬，再次嫁錯了人，再次染上淋病。」——相對於一般自由主義者所相信的歷史的不可逆並不代表不能改變，馮內果通過他一貫的奇想，仍給與我們一貫的悲傷結論：不，錯了，即使時間出了奇蹟可逆可重來，一切愚行仍受了詛咒般絲毫不差的照劇本重演一次。

這部《時震》馮內果花了十年寫了兩次（顯然對他而言這現實的十年有著自由意志），我們眼前看到的是第二回的成品。那第一本呢？依馮內果個人的講法是失敗的丟棄之作，他舉了海明威《老人與海》的故事爲例，把《時震一》比喻成那條被鯊魚羣啃噬成一具巨大骨架的大馬林魚——只除了海明威筆下古巴老漁夫桑提阿哥的慘痛教訓，讓馮內果較聰明的割下大魚肉質最好的部分儲於船上，並據此改寫成了《時震二》。

除開馮內果本人，可能再沒人眞正見過這條被拋棄的大魚，因此，以下看法純屬猜測。

從字裏行間，我猜，《時震一》大概是一部較「正常」形態的小說，而不像《時震二》毋寧更接近《聖棕樹節》、《生不如死》那樣議論滔滔且無所不議論的「另類馮內果式小說」，若這樣的猜想不離譜的話，那我們不難想到，馮內果所以毅然拋棄原小說改寫，眞正原因可能不是他自謙的寫得「不好」，而是「不對」——不對，是因爲如果馮內果意識到這是他的最後一部書，最後一次對這個令他愛恨交加的人類世界完整發言，想來他絕不可能若無其事的去「編」一部小說，只傳達單一的、或某個局部性的訊息，他會選擇有話直說，盡可能把自己的未竟之言一次出清，不管世人是否聞此皆掉頭，讓這本書成爲他生命中的最後一張清單。

這是一些用心高貴的小說家乃至於文學藝術創作者的宿命兩難陷阱，比方說托爾斯泰就是這樣，他們不是不了解文字力量的深遠持續，但當他們察覺到眼前的某些危機如此急迫致命，總不免讓他們生出一種緩不濟急的狼狽之感，從而拆毀小說去選擇議論甚至行動，選擇另一種姑且稱之爲「形而上的投筆從戎」，這會不會損傷文學的成就呢？往往會的，但怎麼辦呢？

這是小說家暨其小說的燔祭。

◆不想成爲小說家的人

然而，我們得公平的說，這樣的用心，既損傷了小說，卻也在另一方面強化了小說，它使小說得到了更豐饒的沛然力氣和更廣闊無垠的視野格局——做爲一個文學讀者，我個人毋寧更喜歡契可夫，他是比托爾斯泰「好」的小說家，但托爾斯泰卻遠比契可夫「偉大」，托爾斯泰才是那種少了他會讓小說史萬古如長夜的人。

馮內果也一直是這樣一腳跨在小說圈子外的人，小說不真的是他的志業所在，硬要分別來說，毋寧更接近一種負載他心志、實踐他志業的「有效工具」而已，當某種狀況之下他感覺到小說不合用時，他沒有那種小說家身分的拘束，他會毫不猶豫的予以變形、改造甚或拋棄——這給了他完全不一樣的力氣、視野以及讓人炫目的華麗想像力和創造力。

狹義的文學圈子裏，一直把馮內果看成是後設小說的典範大家，津津樂道他在書寫的眞實／虛構世界中反覆出入的絕技，以及他在過去現在未來的時空中宛如變魔術般穿梭自在，但馮內果自己從不措意於此，甚至提都不提一句，我想，這不是一種姿態，而是他眞的不怎麼關心，他的心思在別處。

如果他願意，我想，他也可能簡簡單單就越過了艾西莫夫，成爲科幻小說史上的第一人，因爲他比艾西莫夫更具想像力和人文深度，這兩者恰恰好是科幻小說兩個最主要的元質。但我們看比方說《冠軍的早餐》一書就好，馮內果在這部奇特的小說中直接化身爲落魄的科幻小說家圖勞特，幾乎每翻兩頁就丟出一個絕妙的科幻小說點子甚或故事大綱，但他就是不耐煩把這些小說給老實書寫出來，而僅僅萃取其背後的人文反諷控訴意義，其餘的就浪擲在那裏——完全和《時震一》的情況一模一樣。

這些唾手可得的成就和榮耀他都沒要，他要的東西比這大多了，嚴重多了，知我者謂我心憂，不知我者謂我何求。

◆抵抗人類愚行的戰鬥

馮內果要什麼呢？或者說他眞正的身分是什麼呢？我想，他是個奮力抵抗人類所有愚行的人。

所謂人類的愚行，在馮內果眼中，是一紙長得不知語從何起的清單，最起碼包括：戰爭、屠殺、生態破壞、掠奪、飢餓、欺騙、虛假、掌理權力者（包括政治、經濟乃至於藝術文化）的無知和胡言亂語，以及人們普遍的不存留應有的記憶等等——換句話說，愚行無所不在，敵人無所不在，這當然是全方位全時間的開打，是個艱苦而持續無休的戰鬥。

其實這正是馮內果精采絕倫的原因之所在，也是他想像力被迫全面爆發開來的原因所在：沒辦法，你設定了這樣子的敵人，你想護持如此的價值和尊嚴，你就得竭盡所有應戰，所以馮內果得動用一個文字工作者所可能用得到的全部武器，包括小說、短文、寓言、戲劇、歌詞、自傳、投書、演講、辯論、訪談等，以及一個讀書人所可能使用得起的衆多知識，包括文學、物理學、化學、心理學、生物學、歷史學甚至宗教等等。

當這些人類既有的武器還不夠用，你也就得想盡辦法發明新武器了，這就是想像力了，或俗稱創意。

◆無助，是創意之母

一般總容易把創意黏貼著某種輕鬆愉快的氣味，像某種聰明人的欣然腦力遊戲，但事實不盡然如此，創意，在其根深柢固之處，一直有個辛酸而艱難的底子存在，它直接來自於困境。

我們就以籃球場上的麥可・喬丹——人類歷史上另一個領域中最具華麗創造力的人——爲例，他曾經講過，他各種令人瞠目結舌如天外飛來的奇特攻籃方式，並非是事先設計好的，而是被防守者逼出來的，因爲你要想辦法從包夾的人羣中穿出來，還要閃過籃下七呎大漢凌空蓋下來的巨掌，你就得在那節骨眼上更快一步、更多一個旋轉、更多一秒在空中懸浮住，更慢一點讓地心引力發揮作用，以及一個更奇怪角度的出手，這不是你面對一個空蕩蕩無阻攔的籃框時所能做到的。

在這裏，困境的意義正是被包夾、被封阻，陷入一種進退維谷的無路可走狀態，你得奮力想出並打開一條險路來，當眼前有著坦坦大道可供你吹著口哨愉快大步前行時，人通常沒必要也不會如此自找麻煩。

所以馮內果曾引述詩人克利斯・托弗遜的話：「自由，不過是再沒有東西可損失的代用語。」並自己加了如此註解：「沒有東西可損失，帶給人思考的自由，因爲就算你去回應周遭之人的想法，也不可能獲得什麼。無助，是創意之母。」

這樣的創意，除了一種智性的欣喜之外，馮內果也進一步指出它深徹的眞正嚴肅意義：「創意有三個可愛的女兒，她們也是無助的孫女：希望、感恩、以及不可動搖的尊嚴。」

◆又少了一顆星的星空

因此，如果要找一段話，好簡單說明《時震》這部馮內果訴諸「自由意志」的生命最後清單，我會選康德，「道德自由不是事實，而是假設，不是天賦，而是工作，是人給自己的一次最艱難的工作，它是一項要求，一個道德命令。」

這同樣也是我對馮內果七十幾年生命的感受。

做爲一個讀者，我一直認眞記住一些名字，在漆黑的世界中，這些閃亮的名字對我的意義一如夜空最亮的星星，他們的存在令你放心、堅定，而且有遼遠的方向可遵循，你更知道他們跟你同活在一個世界，每隔一兩年就又會有聰明美好且有智慧的作品出來，非常幸福，但卡爾維諾熄滅了，如今馮內果又像超新星一樣，在最後絢爛的爆發開來之後，化爲一顆沉默不語的中子星，儘管我們仍有馬奎斯，有昆德拉，有伊可等等，但這仍無可彌補。

夫復何言。

唐諾，出版人暨自由文字工作者，著有《芥末黃殺人事件》、《唐諾看NBA》等。

前言

海明威（Ernest Hemingway）於一九五二年在《生活》（*Life*）雜誌發表了一篇中篇小說《老人與海》（*The Old Man and the Sea*）。這是關於一個古巴漁夫八十四天都捕不到任何魚的故事。後來這個古巴人捕到一條巨大的馬林魚。他殺了這條魚，並且將牠綁在小船旁。在他的船靠岸之前，鯊魚已經將魚肉啃噬得只剩下骨骸而已。

這篇小說發表時我住在鱈角的邦史戴伯村。我詢問過附近專業的漁夫對這個故事有何感想。他說書中的主角是個白癡。他應該割下肉質最佳的魚肉，儲在船底，將剩下的殘骸留給鯊魚。

也有可能海明威心目中的鯊魚就是書評家，他們並不十分中意他十年以來的第一本小說《渡河入林》（*Across the River and into the Trees*），它比《老人與海》早兩年前出版。就我所知，他從未如此說過。但是那條馬林魚有可能代表那本小說。

然後我發現自己在一九九六年冬天成了一本行不通、沒有重點，從未想要被創作出來的小說的作者。「美爾地！」（譯註：Merde，法語，該死之意，相當於shit。）我花了近乎十年的光陰在那條不知感激的魚身上，如果你要這麼說的話。它甚至沒有資格讓鯊魚嚼。

我最近剛滿七十三歲。我母親活了五十二歲。我父親活了七十二歲。海明威幾乎活了六十二歲。我活得太久了！我該怎麼辦？

答案：切下魚片，將其餘的部分丟掉。

這是我在一九九六年夏秋之際所做的事。昨天，也就是一九九六年的十一月十一日，我剛好滿七十四歲。七十四歲！

布拉姆斯在五十五歲那年停止創作交響樂。夠了！我的建築師父親在五十五歲時生病，並且開始對建築感到厭煩。夠了！美國男性小說家都是在五十五歲以前完成精華之作。遺憾的是，五十五歲對我來說是好久以前的事了。

我偉大的大魚，已經發臭，取名爲《時震》。讓我們視之爲《第一次時震》（*Timequake one*）。並讓我們將這部，過去大約七個月以來，思緒與經驗之精華混合熬成的一道燉品，視之爲《第二次時震》（*Timequake two*）。

可以嗎？

《第一次時震》的前提是一次時震的發生，由於時空連續體突然失常，使每個人與每件事將過去十年所做的一切完全重複一次，不論好壞與否。這種似曾相似的經驗要持續十年之久。你不能抱怨生活老是舊調重彈，或是詢問是否只有你即將瘋狂，或是「大家」是否因此而即將瘋狂。

如果你第一次的十年期間沒有說過某句話，那麼你在時光倒流期間絕對無法說出這句話。如果你第一次的時候無法拯救自己或心愛的人的生命，那麼你在時光倒流時也辦不到。

❖

我讓時震在剎那間將所有人及一切事物從二〇〇一年二月十三日拉回到一九九一年二月十七日。然後我們所有人歷經艱辛才回到二〇〇一年，每分鐘、每小時，每一年都一模一樣，再次賭錯了馬匹、再次嫁錯人了、再次染上淋病。儘管提出來！

只有人們回到時震侵襲的當時，他們才能停止當過去的機器人。如老科幻小說家吉爾戈・圖勞特（Kilgore Trout）所言：「唯有自由意志再度闖入之際，他們方能停止在自己所建構的障礙賽上奔跑。」

圖勞特並非眞正存在的人物。他一直是我其他幾本小說中的第二個我。但是我從《第一次時震》選擇保存的部分有很多都與他的冒險及見解有關。我從一九三一年他十四歲那年，到二〇〇一年他以八十四歲之齡過世那年，這期間所創作的數千篇故事中搶救了一些故事。他生命中大部分的光陰都是無業遊民，最後奢侈地死於作家隱居地世外桃源中的海明威套房，地點位於羅德島錫安峯的避暑村莊中，那樣是幸福的。

他臨終之際告訴我，他第一篇故事的背景是在迦美洛，英國亞瑟王宮廷所在地：王宮魔術師梅林施魔法，讓圓桌武士配備湯普森衝鋒槍及點四五吋的達姆彈。

心智最爲純潔的圓桌武士加拉哈德（Sir Galahad）打算使自己熟悉這項令人讚賞的新設備。正當他這麼做的時候，他把一顆子彈穿透聖杯，並且將圭娜薇爾（Queen Guinevre）做成了一塊瑞士起司。

❖

當圖勞特了解光陰倒流已經結束，突然間他和其他所有的人都必須動腦筋想些新花樣去做，必須再次有創意的時候，他說了這些話：「喔，天啊！我已經太老，經驗太豐富了，無法再以自由意志玩俄羅斯輪盤了。」

是的，我自己也在《第一次時震》中扮演一個角色，於二〇〇一年夏天在作家隱居之世外桃源的海灘野餐會上現身，當時是時光倒流結束六個月後，也是自由意志再度闖入六個月後。

我和幾位書中的虛構人物也在場，包括圖勞特在內。聆聽許久未出書的老科幻小說家爲我們描述，並示範在宇宙結構中，人類所居住的這個特別的地方。

除了這篇序言以外，現在我的最後一本小說已經完成了。今天是一九九六年十一月十二日，我猜距離出版日期，距離它從印刷機的產道中出來大約還有九個月，還不急。一隻印度大象寶寶的懷孕期比九個月的兩倍還要長。

諸位親朋好友，一隻負鼠寶寶的懷孕期是十二天。

本書中我假裝我在二〇〇一年的海灘野餐會上仍然活著。第四十六章中，我想像自己二〇一〇年時還活著。有時候我會說，我現在是在一九九六年，也就是我目前眞正所在的時間，而有時我會說，我處身於時震後的時光倒流期間，我並未將這兩個處境淸楚區分開來。

我一定是瘋了。

時　震

TIMEQUAKE

謹以此書紀念西摩·勞倫斯(Seymour Lawrence)——一位生性浪漫，總是將作家寫出的奇特故事出版成書的偉大出版家。

所有的人，無論活著或是已經死去，都只是因緣際會下的存在，不應受到任何人的評斷與分析。

1

叫我小寇特。我的六個孩子都這麼稱呼我。其中三個孩子是我領養的外甥，另外三個是我自己親生的。他們私底下都叫我小寇特。他們以爲我不知道。

我曾經在演講中說，藝術家的任務就是要使人對活著稍存感激。接著有聽衆問我，我是否聽過任何達成這項任務的藝術家。我回答：「披頭四就辦到了。」

依我看，高度進化的地球人都認爲活著是一件頗令人難堪的事，甚至比難堪還要糟糕。更別提一些令人極度不快的例子了，例如理想主義者被釘死於十字架上。我生命中有兩個重要的女人——我的母親和我唯一的姊姊愛麗絲，現在都已經上天堂了，她們憎恨生命，也都這麼認爲。而且我想愛麗絲一定會大喊：「我放棄！我放棄！」

馬克吐溫是當時最有趣的美國人，在他七十歲，像我一樣的年齡時，他發現自己及衆人的生活充滿了壓力，所以他寫下了這樣的句子：「自成年後，我從不願任何一位逝世的友人復活。」這是針對幾天前他女兒珍突然去世所發表的文章。他不希望復活的人包括珍、他的另一個女兒蘇西、他的愛妻，以及他的摯友亨利・雷格。

馬克吐溫未能活著目睹一次世界大戰，但是他依然有相同的感受。

耶穌在〈登山寶訓〉（Sermon on the Mount）中說到生命是多麼的糟糕：「哀慟的人有福了」、「溫柔的人有福了」，以及「飢渴慕義的人有福了」。

梭羅（Henry David Thoreau）說過一句名言：「衆人皆生於絕望之中。」

我們總是污染水源、空氣及土壤，甚至製造更多巧妙、且具毀滅性的工業及軍事設備，這一點也不令人奇怪。讓我們改變作風，坦承不諱吧。事實上對大家來說，世界末日不會這麼快來臨。

我的父親老寇特是一名印第安諾波里斯的建築師，他罹患癌症，妻子大約在十五年前自殺了，而他曾經因為在家鄉闖紅燈而遭到逮捕。結果他因此被取消駕照二十年！

你知道他怎麼告訴逮捕他的警官嗎？他說：「你殺了我吧！」

非裔美人爵士鋼琴家費茲・華勒（Fats Waller）在演奏精彩，興高采烈之際，常會爆出一句話：「快點趁我開心時殺了我吧！」

有些輕武器就如同打火機一樣操作簡單，價碼就像烤麵包機一樣便宜，可以因任何人的一時興起就殺了父親、費茲，或是林肯，或是約翰藍儂，或是馬丁路德・金恩，或是推著嬰兒車的婦人。這足以證明一件事，我引用一位老科幻小說家圖勞特的話：「活著不過是一團狗屎（being alive is a crock of shit.）。」

2

想想看：一所偉大的美國大學以神智健全之名放棄美式足球。一個廢棄的運動場因而變成炸彈工廠。多少事是因神智健全而起。正如圖勞特所言。

我指的是我的母校芝加哥大學。一九四二年十二月，遠在我入學前，科學家爲了試驗原子彈的可行性，在史塔格球場下完成地球上第一次鈾連鎖反應。當時我們正與德日作戰。

五十年後，一九九五年八月六日，母校禮拜堂舉辦一個集會，紀念在日本廣島的第一次原子彈爆炸五十週年。我是劫後餘生者，我反對戰爭。

其中一位演講者是物理學家里昂・席倫（Leon Seren）。多年前他利用無生命運動設備，參與了一次成功的實驗。你聽聽看：他爲自己的行爲道歉！

應該有人告訴他，身爲一名物理學家，居住在一個萬物之靈皆痛恨活著的星球上，根本無需說抱歉。

再想想看：一個人爲偏執的蘇聯製造氫彈，並因此贏得諾貝爾獎！這是眞人眞事，值得圖勞特撰寫出書，他就是物理學家沙卡洛夫（Andrei Sakharov）。

他在一九七五年因爲要求停止核武測試榮獲諾貝爾獎。當然他已經測試過「他的」核武了。而他的妻子是小兒科醫師！什麼樣的人既能夠精於製造氫彈，同時又能夠娶一名照顧孩子的醫生呢？什麼樣的醫生會有一位瘋狂伴侶呢？

「今天工作有什麼趣聞嗎，親愛的？」

「是啊，我的炸彈進展的很順利。你那個長水痘的孩子情況如何？」

沙卡洛夫在一九七五年時就像聖者一樣，因爲冷戰結束，現在已經不再受到讚頌了。他曾是蘇聯的「異議人士」。他呼籲結束核子的發展與測試，同時爲同胞爭取更多的自由。他被踢出蘇聯科學院，被逐出莫斯科，放逐到凍土層上的小車站。

有關當局不允許他到奧斯陸領取諾貝爾和平獎。他的小兒科醫生妻子——愛蓮娜・波納（Elena Bonner），代替他領獎。但我們是不是該問，難道她，或是任何小兒科醫師或治療者，比一個爲政府製造氫彈的人，還不配領取和平獎嗎？

人權？還有什麼東西比一顆氫彈更漠視生命呢？

沙卡洛夫在一九八七年六月榮獲紐約市斯塔頓島學院的榮譽博士學位。他的政府再一次阻止他接受頒獎，所以由我代替他前往。

我所要做的就是傳達他的訊息。他說：「不要放棄核能。」我說這句話的時候像個機器人。

我太客氣了！但當時正是這個瘋狂星球在烏克蘭車諾比爾發生最致命的核子災難後的一年。北歐的兒童將會因爲輻射外洩作嘔好幾年，情況甚至會更糟。小兒科醫生可有得忙了！

比起沙卡洛夫荒謬的獎勵，車諾比爾事件後紐約斯克內克塔迪消防員的行爲令我振奮多了。我過去曾在斯克內克塔迪工作。那裏的消防員曾經寄一封信給災區的同儕消防員，對他們拯救生命財產的勇氣與無私表達敬意。

消防員萬歲！

儘管有些人在平日只是泛泛之輩，他們在緊急時都可以成爲聖者。

消防員萬歲！

❖

3

在《第一次時震》中，圖勞特寫了關於原子彈的故事。由於時震的緣故，他寫了兩次。時震後隨之重來的十年，記住，使他和我，還有你，以及所有人，將我們從一九九一年二月十七日到二〇〇一年二月十三日期間所做過的每件事，重新再做一次。

圖勞特不介意再寫一次。不論時光倒不倒流，只要他還拿著原子筆，埋首在黃色的草稿紙上爬格子，他仍然認爲活著不過是連篇謊言。

他的故事取名爲「並不可笑」（No Laughing Matter）。他在別人尚未發現前就將這個故事丟棄，因時光倒流發生，他必須再將故事丟棄一次。在《第一次時震》結尾的海灘野餐會上，時間是二〇〇一年的夏天，自由意志再度闖入之後，圖勞特談及被他撕成碎片，沖進馬桶或是扔到垃圾堆中的故事，他說：「來得容易，去得快。」

「並不可笑」這個標題的由來，追溯到二次大戰結束後一個月，在太平洋島嶼巴拿魯魯

（Banalulu）的最高機密軍事法庭上，一位法官在審判美軍轟炸機「喬伊的驕傲」（Joy's Pride）的機員時，所說的一句話。

「喬伊的驕傲」的狀況十分良好，放置在巴拿魯魯的機庫中。它的名字是爲了紀念駕駛員的母親喬伊・彼得森，她是德州科伯斯克里斯提一家醫院的助產士。「驕傲」有雙重含意，既代表自尊，也代表獅羣的意思。

事情是這樣的：當原子彈轟炸廣島後，接著又轟炸了長崎，「喬伊的驕傲」奉令在橫濱投下另一枚原子彈，轟炸數百萬的「小黃雜種」（little yellow bastards）。小黃雜種當時被稱爲「小黃雜種」。當時是戰時。圖勞特這樣形容第三顆原子彈：「就像中型初級中學地下室的鍋爐一樣大的紫色大老二。」

它大得連炸彈艙都容不下，所以懸掛在機腹下。當「喬伊的驕傲」飛向浩瀚藍天時，這顆原子彈還將跑道清理了一呎之長。

當飛機接近目標時，駕駛員對著對講機說出了他的想法，他想到當他們完成即將執行的任務後，身爲助產士的母親在家鄉一定會聲名大噪。轟炸機「伊諾拉・給伊」（Enola Gay），以及它所紀念命名的母親，在轟炸廣島後都將像電影明星一樣出名。更何況橫濱的人口是廣島、長崎總和的兩倍。

駕駛員思考愈久愈確定，他那溫和的寡母絕不會樂於告訴記者，他兒子所駕駛的飛機一次所殺的平民數目破了世界紀錄。

❖

圖勞特的故事使我想起，已故的姨婆愛瑪·馮內果曾說過她痛恨中國人。她已故的女婿科菲特·史都華，曾經擁有肯塔基州路易斯維爾的史都華書店，他告誡姨婆，一次痛恨這麼多人是「很病態」的。

隨便吧。

無論如何，「喬伊的驕傲」上面的機員透過對講機告訴駕駛員，他們也頗有同感。天空中只有他們而已。既然日本已經沒有任何飛機留下來，他們也不需要護航戰鬥機。戰爭已經結束，只剩下文書作業待處理，甚至在「伊諾拉·給伊」焚毀廣島前便已經結束了。

我引用圖勞特的話：「這再也不是戰爭了，以原子彈轟炸長崎也一樣，都得感謝美國佬善盡職責！現在這已經成了『演藝事業』了。」

圖勞特在「並不可笑」中說，在此之前，駕駛員及投彈手把燃燒彈和傳統高性能炸藥對著人們投下時，還覺得自己的任務很神聖。「但是這不過是『劣等的』神聖，」他寫道。「他們視自己為小神，只會復仇毀滅。當他們獨自在天空中，飛機底下還懸掛著紫色的大老二，他們感到自己就像是上帝，得以『大發慈悲』，這是以往不曾擁有的選擇。」

圖勞特本身參與過二次大戰，但並非擔任飛行員，地點也不是在太平洋區域。他曾在歐洲為陸軍野戰砲兵團擔任少尉前進觀察官，帶著雙筒望遠鏡及收音機，隨同步兵前進，或甚至是走在他們前面。他會告訴後方砲兵他們的榴彈或白燐之類的武器在哪裏比較管用。

據他所言，他本身不曾仁慈過，也不曾認為他應當如此。我在二〇〇一年的作家隱居之世外桃源的海灘野餐會上詢問他，他在他稱之為「第二次失敗的文明企圖自殺事件」的戰爭中做了什麼事？

他說來沒有絲毫的後悔：「我在轟炸得天昏地暗的地球與天空之間，在紛至沓來的刀片中，將德軍做成三明治。」

「喬伊的驕傲」的駕駛員在天空中迴轉，紫色的大老二還懸掛在下面。駕駛員掉頭轉回巴拿魯魯。「他這麼做，」圖勞特寫道，「是因為這正是他母親希望他做的事。」

後來在訴訟程序中，衆人因其中一件事被逗得哄堂大笑。首席法官不得不重重地敲下議事槌，宣稱受審的人所說的話「並不可笑」。人們之所以覺得這麼好笑，是因爲檢察官提到，當「喬伊的驕傲」帶著紫色的大老二準備降落跑道上，距離地面只有一呎高的時候，基地的人當時的反應。人們跳出窗外。他們尿濕了褲子。

「不同的交通工具有不同的碰撞方式。」圖勞特寫道。

法官一恢復法庭的秩序，太平洋底層便開啓了一個大裂縫，吞噬了巴拿魯魯、軍事法庭、「喬伊的驕傲」、未曾使用的原子彈，以及所有的一切。

4

當德國小說家兼畫家甘特・格拉斯（Günter Grass）聽說我生於一九二二年時，他向我說道：「歐洲沒有跟你一樣年齡的男性可以跟你聊天。」他自己在圖勞特和我的戰爭發生之際還是個小孩子，就跟艾利・維厄瑟爾（Elie Wiesel）、傑思・科新斯基（Jerzy Kosinski），和米洛斯・福曼（Milos Forman）等人一樣。我很幸運出生在這裏而非在那裏，得以生長於白人中產階級，書畫滿屋，而且是個大家庭，現在這樣的情況早已不復存在。

我聽說詩人羅勃・平斯基（Robert Pinsky）今年夏天曾經在演講中以教誨的口吻，爲自己比一般人擁有更美好的生活而道歉。我想我也應該這麼做才對。

至少我有機會在今年五月，在巴特勒大學以畢業典禮演講者的身分向我的出生地致謝。我說：「如果重新開始，我還是會選擇在印第安納波里斯的醫院出生。我還是會選擇在北伊利諾街四三六五號，離這裏大約有十條街，度過我的童年，並再次成爲該市公立學校的學生。

「我會再次於巴特勒大學的暑期學校選修細菌學及定性分析。

「這裏曾經賦與我一切，就如同現在賦與你們的一樣，如果你們願稍加留心的話，你們會發現這裏匯集了最精華與最惡劣的西方文明：音樂、財務、政府、農業、法律、雕塑和繪畫，歷史、醫學、體育與各種科學，還有書籍，書籍，書籍，以及老師和典型人物。

「太聰明的人你不能相信，太笨的人你也不能相信。太好的人你不能相信，而太卑劣的人你也不能相信。」

我也提供建議。我說：「我的叔叔亞歷士・馮內果是一位哈佛畢業的保險員，家住北賓夕法尼亞街五〇三三號，他教我一件非常重要的事。他說當一切進展眞的很順利時我們一定要『注意』。

「他說的是很平凡的事件，並非豐功偉業：有可能是炎熱的午後在樹蔭下喝杯檸檬汁，或是聞到附近麵包店傳來的香味，或是去釣魚卻不在乎是否釣到魚，或是一個人聆聽隔壁屋子的人彈鋼琴。

「亞歷士叔叔要我在頓悟之際大聲說出：『如果這樣還不夠美好，那還有什麼事是美好的？』」

另一方面我也很幸運：在我生命中的前三十年間，在紙上以筆墨述說短篇故事是一項主要的美國工業。雖然我後來有了妻子與兩個孩子，我還是認爲辭去提供健康保險與退休計畫的通用公司的公關一職才是生財之道。我可以靠賣故事給充滿廣告的週刊《週六晚郵與柯里爾》賺更多的錢，這家週刊每期都會刊載五篇短篇故事及一個緊張懸疑的連載故事。

那些只是我的作品的頭等買主。太多雜誌渴望長篇小說，以致於短篇故事的市場就像彈珠臺一樣。當我寄出一篇故事給我的經紀人時，我很確定總有人會出價買下它，雖然它可能會一再遭到拒絕。

但是就在我家從紐約史卡奈塔地搬到鱈角不久後，電視對廣告客戶的吸引力遠超過了雜誌，使靠寫短篇故事爲生的方式從此絕跡。

我從鱈角通車到波士頓，爲一家工業廣告公司工作，然後變成紳寶汽車公司的業務，然後在一家私立學校教一羣有錢得無可救藥的小孩高中英文。

我的兒子馬克・馮內果醫生寫了一本暢銷書，敍述他在一九六〇年代發瘋的事情，然後從哈佛醫學院畢業，並於今年夏天在麻州米爾頓舉辦水彩畫展。一位記者問道有一位知名父親伴隨成長的滋味是什麼？

馬克回答：「在我成長時期，我的父親還是一名無法在鱈角國中獲得教職的汽車推銷員。」

5

我偶爾還是會構思短篇故事，彷彿是爲了掙錢般。積習難改。寫短篇故事過去也曾爲我建立短暫的名聲。具有高度教養的人們曾經一度熱烈的談論著雷・布雷德伯里（Ray Bradbury）、J・D・沙林傑（J. D. Salinger）、約翰・齊福（John Cheever）、約翰・柯里爾（John Collier）、約翰・歐哈拉（John O’Hara）、雪萊・傑克森（Shirley Jackson）或富萊納瑞・奧康納（Flannery O’Conner）等人所寫的故事。

今非昔比了。

我處理短篇故事點子的方式是先概略打草稿，將這些點子歸諸於圖勞特，然後將它們放入小說中。這是另外一篇從《第一次時震》的殘骸中割下的故事的開端，篇名爲〈B—36三姊妹〉：「在蟹狀星雲的母系星球布布（Booboo）上，有三個姊妹姓B—36。她們的姓氏也是地球上用來投炸彈、轟炸腐敗領袖所領導的人民的飛機名稱，這只能說是個巧合。畢竟地球與布布距離遙遠，彼此從未聯繫過。」

另外還有一個巧合：布布的文字就像地球上的英語一樣，由二十六個音標、十個數字，以及大約八種標點符號所組成。

在圖勞特的故事中這麼寫著，這三個姊妹長得都很漂亮，但是只有其中兩位受到歡迎，一位是畫家，另一位是短篇小說作家。沒有人能忍受第三位，她是一名科學家。她實在太「無趣」了！她只會講熱力學。她的嫉妒心很重。她暗地裏有個野心，想使她兩個藝術家姊妹感到——我引用圖勞特最喜愛的說法——「像是被貓拖在地上的東西！」

圖勞特說布布人是銀河系家族中適應力最強的生物。這多虧他們體積龐大的大腦，可以設定要做什麼，或是不做什麼，以及去感覺或不去感覺，什麼事都可以。只管說出來！

這樣的設定並不是靠手術或電子儀器，或是藉由任何神經干擾完成的。而是經由「社會」完成的，憑藉的就是說、說、說。大人會和悅地告訴小布布人適當、理想的感覺為何。小孩子的腦子會以發展中的迴路加以反應，此迴路具有將文明的娛樂與行為自動化的功能。

這似乎是個不錯的主意，例如，如果沒有發生什麼特別的事，布布人也因此有幸因為極微小的刺激而感到興奮，例如二十六個音標、十個數字，以及八個左右的標點符號所組成的獨特的水平線，或是畫框內的些微色彩。

當小布布人在閱讀時，大人可能會打斷他們，並且根據他們所閱讀的書籍插句話：「好可憐啊是不是？小女孩的小狗狗剛剛被垃圾車碾過了，是不是讓你很想哭？」大人也有可能針對一個不同類型的故事這麼說：「是不是很好笑？當那個自大的富有老人踩到『寧寧』皮，跌入打開中的下水道蓋，是不是會讓你哄然大笑呢？」

「寧寧」是布布星球上一種類似香蕉的水果。

未成年的布布人被帶到畫廊時，可能會被問到某一幅畫中的女人是否眞的在微笑還是沒有。她是否因爲某事感到悲傷，而且到現在依然如此？你想她結婚了嗎？她有沒有孩子？她對他好不好？你想她接著要去哪裏？她想去嗎？

如果畫中有一堆水果，大人可能會問：「這些『寧寧』看起來是不是很可口？好吃！好吃！好吃！」

這些布布人的教學範例並不是我寫的。這都是圖勞特所寫的。

你可以這麼說，絕大部分——但並非全部——的布布人的頭腦就是這樣發展迴路、微晶片。它在地球被稱之爲「想像力」。沒錯，也就是因爲絕大部分的布布人都具有想像力，所以B—36三姊妹中的兩位——短篇故事作家及畫家——才會深深受到喜愛。

壞妹妹雖然也有想像力，但並非屬於藝術欣賞的領域。她不會去閱讀書籍或是參觀畫廊。小時候她把大部分空閒的時間都花在隔壁瘋人院的花園裏。花園中的精神病患被認爲是無害的，所以陪伴著這些病患被視爲富有同情心的行爲，值得讚揚。但是那些瘋子教導她熱力學及微積分等等的東西。

壞妹妹年輕的時候，和那些瘋子一起努力設計電視攝影機、發射機，以及接收機。然後她從很有錢的母親那裏得到金錢的支助，製造並銷售這些撒旦的裝置，使想像力變成多餘的東西。因爲電視節目太吸引人了，而且也不需要經過思考，所以電視立刻大受歡迎。

她賺了很多錢，但是眞正讓她高興的是，她的兩個姊妹開始覺得像是被貓拖在地上的東西！年輕的布布人不再認爲激發想像力有何重要，反正他們現在只需要打開電視就可以看到各種花俏的爛節目。他們可能會看著一本書或一幅畫，心中詫異怎麼有人願意移動屁股去看一些既簡單又死板的東西。

壞妹妹的名字叫做寧寧。她的父母爲她命名時，並未料到她日後會變得如此索然無味。

電視尚且不及她一半無趣！因爲她一直都很無趣，所以她一直都很不受歡迎，因此她發明了汽車、電腦、有刺鐵絲、火焰噴射器、地雷和機關槍等等的東西。這就是她這麼令人厭煩的原因。

現在一代代的布布人長大後完全沒有想像力。他們無聊時所喜歡做的消遣光靠寧寧所銷售的一堆破爛就足以令他們滿足了。有何不可？沒什麼大不了。

沒有了想像力，他們無法做祖先所做過的事——在衆人面前閱讀有趣、溫馨感人的故事。所以，根據圖勞特所言：「布布人成了銀河系的家族中最無情的生物之一了。」

6

圖勞特在二〇〇一年的海灘野餐會上說過，生命是無可否認的荒謬。「但我們腦中的容量大得足以令我們適應這些不可避免的尷尬及滑稽，」他繼續說道：「只要藉由像這次的人造頓悟即可。」他意指滿天星斗下於海灘上所舉辦的野餐會。「如果這樣還不夠美好，那還有什麼事是美好的？」他說道。

他宣稱帶穗軸的玉米，在海草中伴隨龍蝦與蛤蜊一起蒸，是「天上美味」。他補充說道：「所有的女士今晚都像『天使』般！」他正以「思想」大啖著帶穗軸的玉米及女人。他因為假牙的上牙床不牢靠所以無法吃玉米。而長期以來他與女人一直是個災難。他在唯一嘗試寫過的愛情故事〈再吻我一次〉中這樣寫過：「美麗的女人不可能長時間地保住青春。」

該故事結尾的寓意為：「男人是混蛋。女人是瘋子。」

我一向認為人造頓悟中的佼佼者是舞臺劇。圖勞特稱之為「人造時震」。他說：「在地球人知道大自然有時震這類事之前，他們就已經先發明了這些事。」而事實的確如此。當帷幕在第一幕第一景掀起時，演員早已知曉他們將要說與做什麼，還有每件事情最終的結果為何，不論好壞與否。然而他們別無選擇，言行舉止仍必須裝作未來依舊是個謎。

沒錯，而當二〇〇一年所發生的時震將我們拉回到一九九一年時，也使我們過去的十年成了我們未來的十年，所以一旦時候到了，我們便能記得我們必須再說的每句話、必須再做的每件事。

下一次時震發生後的下一次時光倒流開始之際，記住這句話：「表演必須繼續進行！」

人造時震最令我感動的是一齣老戲。這齣戲叫做《小城風光》（*Our Town*），作者是桑頓・懷爾德（Thornton Wilder）。我前後大概看了五、六遍，依然看得興致勃勃，絲毫不減興趣。然後今年春天，我十三歲的女兒，親愛的莉莉，在這齣由學校所製作的純眞、感傷的經典之作中，扮演葛羅佛區墓園一個會說話的死人。

這齣劇將莉莉及她的同學從表演當天晚上拉回到一九〇一年五月七日！時震！等到最後一景劇中女主角艾蜜莉的葬禮結束，幕簾拉下之後，他們才不再是桑頓・懷爾德想像的過去中的機器人。唯有到那時候他們才能再次活在一九九六年。唯有到那時候他們才能再次自行決定接下來該說什麼、做什麼。唯有到那時候他們才能再次執行自由意志。

那天晚上當莉莉扮演著死掉的大人時，我感傷地想著，等她高中畢業我就已經七十八歲了，等她大學畢業我就已經八十二歲了，等等諸如此類的事。還談什麼記住未來！

不過那晚眞正讓我難受的是最後一景，當哀悼者將她埋葬，下山回到他們的村莊後，艾蜜莉所做的告別。她說：「別了，別了，世界。永別了，葛羅佛區……媽媽和爸爸。滴答聲再見了……還有媽媽的向日葵。還有食物和咖啡。還有新熨的衣服，還有熱水澡……還有睡覺，還有醒來。喔，地球，你眞是奇妙無比，難以令人理解。

「當人類活著的時候，他們曾經了解過生命嗎？——每一分，每一秒嗎？」

每當我聽到這段話，自己彷彿也變成了艾蜜莉。我雖然尚未辭世，但是有個地方，看起來就像世紀交替之際的葛羅佛區一樣安全與單純、一樣可學習、一樣可接受，那裏有時鐘滴答聲、媽媽、爸爸、熱水澡和新熨的衣服，還有其他所有的一切，然而在老早之前，我就已經向它說再見，再見了。

就是這段時期：我生命中的前七年，遠在那團屎擊中風扇之前，遠在經濟大蕭條與二次世界大戰相繼發生之前。

他們說人老的時候第一件失去的就是你的腿或是視力。這不是眞的。第一件失去的就是並排停車。

現在我發現自己老在絮聒著一些幾乎已經沒人知道，或不再在乎的劇情片段，像《小城風光》中墓園的那一景，或是田納西・威廉斯的《欲望街車》中打撲克牌的那場戲，或是亞瑟・米勒所著的《推銷員之死》中，威利・羅曼的太太在這位平凡、愚勇，具悲劇性的美國人自殺後所說的話。

她說：「大家必須關注此事。」

在《欲望街車》中，白蘭琪在被妹夫強暴，送往瘋人院時說道：「我總是仰賴陌生人的仁慈。」

這些言語、這些場景、這些人在我成年之初，便已是我情感與道德上的指標，而且在一九九六年夏天依然是如此。那是因爲我初次聽到、看到這些事物時，是和一羣全神貫注的觀衆坐在戲院中觀賞的。

如果我當初是邊吃玉米片，邊盯著電視螢幕看這些戲的話，它們在我心目中留下的印象勢必與「週一夜晚足球賽」一樣。

電視出現的初期，最多只有六個電視頻道，螢光幕中意義深遠、編劇嚴謹的戲劇依然能使我們感到自己是專注羣衆中的一份子，即使我們可能是獨自在家收看。當時可以選擇的節目非常有限，所以親朋好友很有可能跟我們正在觀賞的節目是一樣的，不過這還是讓他們覺得電視是一項了不起的奇蹟。

我們甚至會在某天晚上打電話給朋友，問一個我們已經知道答案的問題：「你看到『那個』了嗎？哇！」

今非昔比了。

7

無論如何我都不會想念大蕭條或是我在二次世界大戰中所經歷過的一切。圖勞特在海邊野餐會上宣稱我們的戰爭永遠都會是一場演藝事業，這是別的戰爭所不會發生的現象，而這一切全都拜納粹制服之賜。

當他看到我國的將軍在電視上描述著我們為了石油而該死的轟炸第三世界的國家時，他對於他們所穿著的迷彩裝頗不以為然的說道：「我實在想不到，」他說：「這麼刺眼的睡衣在全世界有哪個地方能夠達到掩護士兵的功能。」

「我們顯然正準備，」他說：「要在一個巨大的西班牙煎蛋捲中打第三次世界大戰。」

他詢問我的親戚是否有人曾在戰爭中受傷。據我所知，只有一人。那就是我的曾祖父彼得・萊柏，他是一名移民，在內戰發生時傷了一條腿，後來成為印第安納波里斯的釀酒業者。他是一名自由思想家，也就是對於傳統宗教信仰抱持懷疑態度的人，正如同伏爾泰、湯瑪斯・傑佛遜與班傑明・富蘭克林等人一樣。也正如我與圖勞特一樣。

我告訴圖勞特，彼得・萊柏的英裔美人連長當時給了他的手下——全都是德國來的自由思想者——基督教小册子，予以啓發。而圖勞特則發表了一段創世紀修訂版做爲回應。

幸好，我有錄音機，現在我把它打開。

「請暫時別吃東西注意聽我說，」他說：「這件事非常重要。」他停下來用左手拇指根將假牙的上牙床向上顎擠壓。他的牙齒大概每隔兩分鐘左右就會鬆落一次。他是個左撇子，就跟我一樣，直到我父母使我轉變爲止，就跟我的女兒伊蒂絲以及莉莉一樣，或者，以我們慣有的親密稱呼方式，稱她們爲伊蒂・巴齊特以及羅莉卜。

「一開始的時候什麼都沒有，我說的是『什麼都沒有』，」他說：「但是沒有暗示著有，正如同上暗示著下、甜暗示著酸、如同男人暗示著女人、酒醉暗示著清醒以及快樂暗示著悲傷一樣。我很不想告訴你們這些，諸位親朋好友，但是我們都是在一個龐大暗示中，極爲渺小的暗示。如果你們不喜歡這裏，爲何不回到你們當初的來處呢？

「第一件被虛無所暗示的東西，」他說道：「實際上是兩樣東西，也就是上帝與撒旦。上帝是男人。撒旦是女人。他們暗示著彼此，因此在浮現的權力結構中是平等的，而該結構本身正是一個暗示。力量暗示著脆弱。」

「上帝創造了天與地，」這位許久未出書的老科幻小說家繼續說道：「地球一開始混沌無形、空虛，而黑暗則處於深處的表面。上帝的靈魂移到水的表面上。這件事撒旦本身也辦得到，但是她認爲這是很愚蠢的一件事，爲行動而行動。有什麼意義呢？她剛開始什麼也沒說。

「但是撒旦開始擔心上帝，因爲祂說：『讓光出現吧。』然後光就出現了。她心想：『祂以爲自己在做什麼？祂想做到什麼程度，祂難道期待我幫祂處理這些瘋狂事嗎？』

「然後那團屎眞的打到風扇了。上帝創造了男人與女人，是祂與她的美麗縮模，上帝並放縱他們看到自己未來的遭遇。伊甸園，」圖勞特說道：「可被視爲羅馬圓形競技場以及羅馬遊戲的原型。」

「撒旦，」他說：「無法還原上帝所做過的事。但是她至少可以做到，減少祂的小玩物存在的痛苦。她可以看到祂所看不到的：活著要不是會很無聊，就是會提心吊膽。所以她將各種意念注入蘋果中，至少還可以紓解一下無趣，例如撲克牌及骰子的遊戲規則、如何做愛、啤酒和紅酒與威士忌的祕方、和各式各樣可吸食植物的畫面等等。還有教別人如何作曲、唱歌、瘋狂和性感地跳舞。以及小指頭撞到時，如何口出穢言。

「撒旦派遣一條蛇拿蘋果給夏娃。夏娃咬了一口，然後將它交給亞當。他咬了一口，然後他們便做了愛。」

「我向你保證，」圖勞特說：「蘋果中的某些意念對於少數嘗試過它們的人來說，具有毀滅性的影響。」請注意圖勞特本身並非酒鬼、毒癮犯、賭徒，或是帶有性癖好。他只是在寫作。

「撒旦一心只想幫忙，而她在很多情況中的確辦到了，」他如此下結論：「而她推銷偶有駭人副作用的萬靈丹的紀錄，不會比現今大多數聲譽頗佳的藥房來得差。」

8

撒旦酒療法的副作用對於許多偉大的美國作家的生與死戕害極大。在《第一次時震》中我描繪了一個作家的隱居處，稱之爲世外桃源，那裏有四間套房的名稱是爲了紀念美籍諾貝爾文學獎得主。其中海明威與歐尼爾在這棟宅邸的二樓，劉易士在三樓，而史坦貝克則是在車庫。

在自由意志闖入兩週後，圖勞特一抵達世外桃源即大聲喊道：「你們四位筆墨英雄全都是不折不扣的酒鬼！」

賭博毀了薩洛揚（William Saroyan）。酒與賭也毀了記者艾爾文・戴維斯（Alvin Davis），艾爾文是我非常想念的一位朋友。我問過艾爾文他在賭博遊戲中玩得最爽快是哪一次。他說，就在他於二十四小時撲克牌局中輸光了所有錢之後。

幾個小時之後他帶著極盡所能弄來的錢回到賭桌前，有可能是朋友借的、有可能把東西當了、有可能找高利貸的。他在桌子面前坐下來，說道：「發牌吧。」

❖

已故的英國哲學家羅素說他因爲下列三項癖好之一而失去朋友：酒精、宗教或西洋棋。圖勞特熱中在又白又平的木質紙漿上，以各種奇特的組合，將二十六個音標、十個數字，以及八個左右的標點符號排列成一條水平線。他對於任何當他是朋友的人來說都是一個黑洞。

我結過兩次婚，離過一次婚。我的兩任妻子，珍以及現在的吉兒，偶爾都會說我在這方面很像圖勞特。

我母親對於追求財富、僕人、無限制的記帳戶頭、舉辦奢華的宴會，以及搭乘豪華艙頻繁往來歐洲旅遊都非常熱中。所以我們可說她在經濟大蕭條時期，深受脫癮症狀所苦。

她「被涵化」了！

受涵化的人也就是指那些，因爲外在環境改變，而發現他們不再被以他們所以爲的那種人的方式被對待。經濟不景氣、或是一項新的科技、或是被另一個國家或政黨所征服，都可以導致這樣的結果，速度遠比「剎那之間」要來得快。

如同圖勞特在〈一個困在冥王星的美國家庭〉中所寫道：「最能夠摧毀愛的事物，毋寧是發現原先你所接受的行為，現在已經變得很荒謬。」他在二〇〇一年海灘野餐會的談話中說道：「如果我還沒有學會，如何在沒有文化與社會的情況下生活，那麼我早已經心碎一千次了。」

在《第一次時震》中，我讓圖勞特把他的〈B—36三姊妹〉丟入美國藝術與文學協會門前，拴在消防栓上的無蓋鐵網垃圾桶中，地點位於曼哈頓區遠在天邊的西一五五街，百老匯往西過去兩棟。那時是二〇〇〇年聖誕夜的下午，應該是時震將每個人和每件事物拉回一九九一年的前五十一天。

我說，那些不用電腦，慣於以過時手法創造過時藝術的協會成員們，正在經歷涵化的過程。他們就像蟹狀星雲的母系星球布布上的兩位藝術家姊妹一樣。

美國藝術與文學協會的確存在。它富麗堂皇的總部正位於我在《第一次時震》中所安排的位置。前面眞的有一個消防栓。裏面眞的有圖書館、藝廊、大廳櫃檯、會議室、辦公室，以及一個非常壯觀的禮堂。

一九一六年國會通過一項條例，規定該學院的成員不得超過兩百五十名，美國公民，凡是以小說家、劇作家、詩人、史學家、小品作家、批評家、作曲家、建築師、畫家，或雕塑家聞名即可。這些人會因爲死神的降臨，數量逐漸地減少，所以尚在人世的人就負責提名人選，以不記名投票的方式，選出新人來填補空缺。

該學院的創始人都是一些過時的作家，例如亨利・亞當斯、亨利・詹姆斯、山繆・克利門斯（Samuel Clemens），以及過時的作曲家愛德華・麥克道威爾（Edward MacDowell）。他們的讀者羣一定不多。他們自己的大腦就是他們唯一需要應付的對象。

我在《第一次時震》中說過，到了二〇〇〇年，一般大衆對於他們這類的名匠的看法，「就像殖民時期以來，即以玩具風車，也就是所謂的『whirligigs』（編註：泛指旋轉式玩具，如陀螺、旋轉木馬），聞名的新英格蘭觀光小鎮中的當代師傅一樣」，已經變得「古色古香」。

9

該協會的創始人生於世紀交替之際，與發明錄音、電影及其他事物的愛迪生屬於同一時期的人。雖然在第二次世界大戰之前，這些抓住全世界數百萬人目光的伎倆只不過成了對生命本身的譏諷嘲罵，滿腹牢騷，無足輕重。

該協會從一九二三年即位於目前的會址，它是由麥金、米德與懷特（McKim Mead & White）事務所設計，費用則是慈善家阿契・彌爾頓・杭亭頓（Archer Milton Huntington）支付的。那年，美國發明家李・戴・佛瑞斯特（Lee De Forest）親自示範爲電影增添聲音的裝備。

我在《第一次時震》中有一景是設在我所虛構的協會執行祕書莫妮卡・培波的辦公室中，時間是在二〇〇〇年的聖誕夜。就在當天下午，圖勞特再一次把他的〈B—36三姊妹〉丟入門前的無蓋鐵網垃圾桶中，當時距離時震發生還有五十一天。

培波太太的先生若頓・培波是一位坐輪椅的作曲家，而培波太太很像我過世的姊姊愛麗，因爲她們同樣都極爲憎恨生命。愛麗早在一九五八年就因爲癌症過世，臨死前還被收款員追著討債，當年我三十六歲，而她才四十一歲。這兩個女人都是金髮美女，這些還好。但是她們的身高足足有六呎二吋！這兩個女人在青少年時期就已經徹底地被涵化了，畢竟在地球上，除了瓦圖西人（Watusis）之外，女人通常不太可能長那麼高的。

這兩個女人的命運都非常不幸。愛麗嫁了一個好人，失去了他們所有的錢，然後做生意又賠了錢。莫妮卡・培波正是導致她丈夫若頓腰部以下癱瘓的罪魁禍首。兩年前，她在科羅拉多州的亞斯本游泳時，不小心壓到他。雖然愛麗死時債臺高築，還留下四個兒子要扶養，但她起碼只需經歷一次這樣的經驗。然而時震發生後，莫妮卡培波必須以再一次因燕式跳水的緣故，壓在她丈夫身上。

莫妮卡和若頓在二〇〇〇年的聖誕夜時，在協會的莫妮卡辦公室中聊天。若頓當時正在大喊大笑。這對夫妻年齡相仿，都是四十歲，出生於嬰兒潮時期。他們並沒有孩子。因爲她的緣故，他的叮噹再也起不了作用。若頓當然會爲了那件事大喊大笑，不過主要還是因爲隔壁一位患有音盲的孩子，他藉由一種稱之爲沃夫岡的新式電腦程式，以貝多芬的方式，創作並演奏出差強人意的弦樂四重奏。

偏偏這個討厭的小鬼的父親，把他兒子印表機所吐出來的單張樂譜拿給他看，想請他評鑑評鑑，使他不由得大叫大笑。

腿疾和叮噹失去作用，彷彿還不足以打擊若頓似的，他的建築師哥哥法蘭克在一個月前又因爲自尊受到幾乎相同的打擊而自殺了。沒錯，法蘭克・培波終究會因爲時震發生，從墳墓中蹦出來，因此他也將再一次讓他的妻子與三個小孩親眼目睹他轟掉自己的腦袋。

事情是這樣的：法蘭克到藥房買保險套還是口香糖之類的東西，結果藥劑師告訴他，他十六歲的女兒已經成爲一位建築師，並且打算自高中退學，因爲她認爲念高中是在浪費時間。藉由學校爲職校學生——也就是一些只打算念專科學校的蠢貨——所購買的新電腦程式，她爲貧民區的青少年設計了一座娛樂中心。這種電腦軟體就叫做帕拉底奧（Palladio）（譯註：帕拉底奧爲義大利建築家）。

於是法蘭克來到電腦商店，詢問店員他在購買帕拉底奧之前可否先行試用。起先他很懷疑這樣的產品對他與生俱來的天分及教育會有什麼幫助。然而就在店裏，花了不到半小時的時間，帕拉底奧就交出他所要求的東西，繪出藍圖，讓包商用湯瑪斯・傑佛遜（Thomas

Jefferson）的方式建造三層樓的停車場。

法蘭克編造了他所能想到最瘋狂的指定作業，自信帕拉底奧一定會叫他採用其他的方式。但是它沒有！它提供了一個又一個的選擇，還會詢問車子的數量，在哪個城市建造，因爲它必須考慮當地的建築條例，以及卡車是否可供使用，等等諸如此類的事。它甚至詢問周圍的建築物爲何，並且會顧慮到傑佛遜式的建築與它們是否協調。它也會提供替代的方案，採用麥克・葛雷夫斯（Michael Graves）或貝聿銘的風格。

它同時也提供配線及配管工程計畫，以及在世界上任何一處建造該建築時，近乎準確的費用。

所以法蘭克回到家中，然後首次自殺了。

若頓・培波在兩次的二〇〇〇年聖誕夜中的第一次，在協會他妻子的辦公室中大笑大叫，並對他漂亮但笨拙的妻子說道：「一般形容在工作上遭受重大挫折的男人，都說他交出他的頭，放在盤子上。現在我們用『鑷子』交出我們的頭。」

他指得當然是積體電路。

10

愛麗在紐澤西州過世。她的先生吉姆也是土生土長的印第安那州人，他們都葬在印第安納波里斯的皇冠山公墓。詹姆斯・惠特康・賴利也葬在那裏，他是印第安那州的詩人，一個終身未娶的酒鬼。約翰・狄林傑也葬在那裏，他是一九三〇年代一個備受愛戴的銀行搶匪。我的父母老寇特與伊蒂絲，還有父親的弟弟亞歷士・馮內果，就是那位哈佛畢業，在生活一切如意時會說：「如果這樣還不夠美好，那還有什麼事是美好的？」的保險員也葬在那裏。還有我父母前兩代的祖先也都葬在那裏，其中包括了釀酒商、建築師、商人和音樂家，當然也包括他們的妻子在內。

大客滿！

約翰・狄林傑是一名農家子弟，曾經將洗衣盆斷裂的木條削細，然後揮舞著這支木製手槍逃出監獄。而他居然是利用鞋油把槍塗黑！他實在是一個頗具「娛樂性」的人。在逃亡途中，狄林傑以車迷的身分寫了一封信給亨利・福特。他感謝這位反猶太的老人製造出如此迅速敏捷的逃亡車！

如果你是一名好駕駛，又開著一輛好車，的確可能掙脫警察的追逐。還談什麼「公平競賽」呢！還說什麼我們希望每個在美國的人都有的東西：「一個平坦的操場！」狄林傑只會搶富有而又強壯、備有武裝警衛的銀行，而且還是「單槍匹馬」。

狄林傑並不是一名僞善者、狡猾的騙子。他是一位「運動家」。

永遠會有人在公立學校的書架上汲汲尋找顚覆性的文學，但是有兩個最具顚覆性的故事至今仍未被發覺，而且絲毫都不被起疑。其中之一就是羅賓漢的故事。羅賓漢跟約翰・狄林傑一樣沒有受過什麼教育，他必定是狄林傑的啓蒙教師：一個眞正的男人對於生活所「規畫」的高尚藍圖。

當時心懷謙卑的美國家庭中的小孩的心靈尚未被電視中數不盡的故事所淹沒。他們只聽過或讀過幾個故事，所以內容都記得很清楚，甚至可能會從中習得一些道理。以英語社會來說，其中之一是〈灰姑娘〉。另一個就是〈醜小鴨〉。還有就是羅賓漢的故事。

還有另一個故事，跟羅賓漢的故事一樣，都不尊重既有的權威體制，就這一點來說有別於〈灰姑娘〉與〈醜小鴨〉，這個故事就是新約聖經中所描述的耶穌的生平事蹟。

在獨身的同性戀聯邦調查局局長艾德格・胡佛（J. Edgar Hoover）一聲令下，聯邦幹員將狄林傑槍殺，就這樣在他與女伴走出戲院時將他處死。他既沒有拔槍，也沒有往前衝或躲藏，或企圖逃跑。他就像其他剛看完電影後，步入眞實世界的普通人一樣，剛剛從奇幻世界中甦醒過來。他之所以被殺，是因爲長久以來，他都讓那些戴著軟呢帽、看起來喪失心智的聯邦幹員看起來像個傻瓜。

當時是一九三四年，我十一歲，愛麗十六歲。愛麗既傷心又憤怒，而我們倆都咒罵跟狄林傑看電影的女伴。這個「婊子」，實在沒有更適合她的稱呼了，向聯邦幹員密告狄林傑會在哪裏現身。她說她會穿著橘色的洋裝。在她身旁那個不起眼的傢伙就是同性戀聯邦調查局局長所宣稱的人民頭號公敵。

她是匈牙利人。俗話說：「如果你和一位匈牙利人作朋友，那麼你根本就不需要敵人了。」

愛麗後來在皇冠山和狄林傑的墓碑合照了一張相，那裏距離西三十八街並不遠。當我拿著槍迷父親送給我的生日禮物，口徑點二二公釐半自動式的步槍獵殺烏鴉時，偶爾會不經意的來到此地。當時烏鴉被視爲人類的敵人。一有機會，牠們就會吃掉我們的穀物。

我認識一個孩子殺了一隻鷲。你眞該看看牠的翼幅！

因爲愛麗很討厭打獵，所以我和爸爸就不再打了。當我在外地寫作時，他爲了證明自己有男子氣概，變成了槍枝迷以及獵人，雖然他那時已經入了藝術這一行，成爲一位建築師兼畫家兼陶藝家。在公開的講座中，我常常會這麼說：「如果你眞的要傷害你的父母，而你又鼓不起勇氣成爲同性戀者，至少你還可以做到一件事，那就是從事藝術工作。」

父親認爲他還能夠藉由釣魚表現他的男子氣概。但是後來我大哥柏尼說他釣魚的樣子好像在把瑞士懷錶，或是其他的設計精巧的小儀器打爛一樣，以此粉碎了他的企圖。

❖

我在二〇〇一年的海灘野餐會上告訴圖勞特，我的哥哥和姊姊如何使父親恥於打獵及釣魚。他聽了之後引述莎士比亞的話：「要比毒蛇的牙齒銳利，就是擁有一個不知感恩的孩子！」

圖勞特的知識都是靠自修而來的，他從未念完高中。聽他引用莎士比亞的話倒讓我有些驚訝。我問他是不是背誦了許多莎士比亞的名言。他回答：「是的，親愛的同僚，包括描述人類生活的一句話，這句話實在是太完整了，後來的作家根本無需增添一字。」

「是哪一句話呢？」我問道。

他回答：「世界就是一個舞臺，而所有的人都是演員。」

11

在不斷嘗試寫作失敗多年後，去年春天我寫了一封信給一位老朋友，告訴他爲什麼我眞的無法再寫出能夠出版的小說了。那位朋友名叫艾德華・謬爾，是一個詩人兼廣告人，他和我同年，住在史考司戴爾。在我的小說《貓的搖籃》中，我曾經說過，雖然沒有合邏輯的理由，但是生活卻不斷與你糾纏在一起的人，就是你的「卡拉司」（karass）中的一員，那是上帝爲了要完成祂所派遣的任務，所創造出來的一個團體。艾德華・謬爾肯定是我的「卡拉司」中的一員。

聽聽這個：二次大戰後，我就讀於芝加哥大學，艾德華・謬爾也在那裏念，不過當時我們並未見過面。後來我到了紐約州的斯克內塔迪，成爲通用公司的公關，艾德華也到那裏的聯合大學擔任教師。當我辭去通用公司的工作，搬到鱈角，他又在那裏出現，擔任經典研習計畫的新成員。這回我們終於見面了，不管是不是服侍上帝，我的第一任妻子和我成了經典研習團體的領袖。

當他在波士頓從事廣告工作時，我也跟他一樣，然而我並不知道他也從事這項工作。艾德華的第一次婚姻失敗時，我也一樣，而現在我們兩個人都在紐約。我的想法如下：當我寫了一封信給他，告訴他我寫作上的窒礙時，他把這封信改成像一首詩，把它寄回來給我。

他去掉信函起頭的稱呼及前面幾行讚美大衛・馬克森（David Markson）的《讀者的窒礙》（*Reader's Block*）的話，大衛曾經是他在聯合大學的學生。我說大衛不該感謝命運，讓他在許多人都不再讚賞小說——不管這本書有多優秀——的同時，寫出這麼一本好書。諸如此類的話。我並沒有留下散文書信的謄本。至於那首詩，內容如下：

毋需感謝上帝。
我們離去時，不會有任何人
充分地讚嘆稿紙上的墨筆
了解這是多優秀的作品。

微恙，就像
暫時性的肺炎，或可稱之爲

暫時性的作家窒礙

我每日以墨水覆紙，
然而故事卻一無進展
我發覺值得繼續努力。

《第五號屠宰場》已被
一位年輕的德國人改編爲歌劇，
並即將於六月在慕尼黑首映。
我不打算前往。
没興趣。

我很喜歡奧坎氏簡化論，
或稱之爲吝嗇的法則，它提倡
一個現象最簡單的解釋

通常是最值得信賴的。

藉由大衛的幫助，現在我相信

作家的窒礙是發現

愛人的生命實際上是如何結束的

而不是藉我們身體旋轉之助

變成我們所期望的方式。

小說就是身體旋轉（譯註：球員下意識動作，使球朝自己所期待的方向旋轉）。

無所謂。

眞謝謝艾德華這麼做。他還做過另一件好事，就是曾經爲經典研習擔任築路工人。他是一名小牌詩人，偶爾會在《大西洋月刊》發表作品。他的名字和大詩人艾德溫・謬爾（Edwin Muir）幾乎一模一樣，艾德溫是蘇格蘭人，死於一九五九年。有時某些搞不清楚的知識分子會問他，他是不是「那位詩人」，他們指得是艾德溫。

有一次，艾德華告訴一個女人，他不是「那個詩人」，她失望透了。她說她最喜歡的一首詩就是〈詩人爲子覆被〉（The Poet Cover His Child）。你聽聽這個：那首詩是美國詩人艾德華・謬爾（Ed. Muir）所寫的。

12

我希望我寫了《小城風光》。我希望我發明了冰刀溜冰鞋。

我問A・E・哈奇納（A. E. Hotchner）——已逝的海明威的朋友兼傳記作家，海明威除了自己以外，是否曾經射殺任何人。哈奇納回答：「沒有。」

我問已逝的德國小說家海因里希・鮑爾（Heinrich Böll），德國人性格的基本缺陷爲何。他回答：「服從。」

我問我收養的外甥，他對我的舞技有何看法。他說：「可以接受。」

我因爲身無分文，所以在波士頓擔任文案，一位業務經理問我，馮內果是哪裏的名字。

我說：「德國。」他接著說道：「德國人殺了我六百萬的親戚。」

世界上有那麼多人得到愛滋病，HIV呈現陽性反應，你想知道爲什麼這些都沒有我的份嗎？因爲我從不亂搞。就這麼簡單。

圖勞特說這個故事是在描述愛滋病、新型梅毒、淋病以及籃球之所以會像雅芳小姐一樣滿街跑的原因：一九四五年九月一日，就在第二次世界大戰剛結束後，所有化學元素的代表在卓法摩多爾星球舉行會議。他們是爲了抗議某些同伴被納入又大、又髒、又臭的有機體中，這些有機體就像人類一樣，又殘忍又愚蠢。

像是鈈和鐿之類的元素，儘管他們向來不是人類基本元素，然而他們對於「任何」化學品被濫用依然表達憤慨之意。

雖然碳原子在無數大屠殺中是一個角色尷尬的老兵，他卻將會議的注意力集中在只有一人的公開行刑事件中，此人十五世紀時於英格蘭被控叛國罪。他幾乎快被吊死，但是他復活了，然後他的腹部被剖開。

行刑者拉了一圈他的腸子。他在那個男人面前搖晃那圈腸子，然後用火把到處燒它。那圈腸子還連著那個男人肚裏的其他東西。行刑者和他的助理將犯人的四肢分別綁著一匹馬。然後他們鞭策馬兒往前跑，也因而將該犯人撕裂成四個部分。最後他們將這些殘骸掛在市集中。

❖

根據圖勞特的說法，在舉辦會議之前大家已經達成共識，任何人都不可講述一些成人對兒童所做的駭人事蹟。幾位代表威脅，如果他們必須坐在這裏聽一些令人作嘔的故事，就要聯合抵制這個會議。這樣的意義何在呢？

「大人對大人所做的事無疑證明了人類應該被滅絕。」圖勞特說道。換湯不換藥地處理大人對小孩所做的事只會令人作嘔，可以這麼說吧，就好比是畫蛇添足一般。

氮元素哭訴著它於二次大戰期間的死亡營中被迫成爲納粹衞兵與醫生的一部分。鉀述說著西班牙宗教裁判所中，令人毛骨悚然的故事。鈣講述的是羅馬遊戲，而氧說的則是關於非洲黑奴的故事。

鈉說算了吧，任何進一步的證詞都是徒勞無益的。它提議，所有牽涉化學研究的化學品盡可能的結合，以製造出更爲強而有力的抗生素。這些東西接著會導致生病的有機體發展更新的系統，進而對它們產生抵抗力。

不出多久，鈉預測，任何人類的疾病，包括瘡及癬，不僅都將無法治癒，而且還會致命。根據圖勞特「所有的人類都會死」的說法，鈉說：「既然他們都處於宇宙誕生之際，所有的元素終將再次無罪。」

鐵和鎂附和鈉的動議。磷要求投票表決。大家以鼓掌通過這項提案。

13

二〇〇〇年的聖誕夜，圖勞特正好就在美國藝術與文學協會隔壁，當時若頓・培波對他的妻子說，人們現在都用鑷子奉上自己的頭，而不再裝在盤子上。圖勞特當然聽不到他所說的話。因為當這位下半身癱瘓的作曲家慷慨激昂地說著，人們對於比他們聰明的機器，總是喜歡一較高下，而且態度幾近狂熱時，有一道厚厚的水泥牆正擋在他們倆之間。

培波反問了一句話：「慧點的我們為何全都必須以這麼大的代價蒙羞？我們從未事先想過我們會如此不同凡響。」

圖勞特坐在收容所的布床上，這裏是專門為無家可歸的人所設置的地方，也曾經是美國印地安人博物館。他大概是有史以來最多產的短篇故事作家，曾經在第五街與四十二街交叉口的紐約公共圖書館遭到警察逮捕。圖勞特和其餘三十多名住在那裏，他稱之為「聖牛」（sacred cattle）的人，都被強行趕到黑色校車上，安置在收容所中，地點位於遠在天邊的西一五五街上。

早在圖勞特抵達該處的前五年，美國印地安人博物館便已將失落的原住民遺跡，以及那團屎擊中風扇之前的日常生活的模型，全都搬到鄰近較爲安全的市區。

他現在八十四歲了，在二〇〇〇年的十一月十一日度過了另一個里程碑。他將於二〇〇一年的勞工節逝世，屆時他依舊是八十四歲。但是因爲時震的緣故，給了他，以及我們其他所有的人，一個意想不到的「紅利」——如果你願意這麼說的話，使大家多了另一個十年。

時震結束後，他會在永遠無法完成的回憶錄中撰述倒流的光陰，名稱叫做《我以自動駕駛儀飛行的十年生涯》（*My Ten Years on Automatic Pilot*）：「聽好，如果不是時震將我們拖過一個接著一個的節孔，這將會是既卑劣又強而有力的事件。」

「這是關於一個人，」我在《第一次時震》中說道：「一個獨子，父親是麻州諾坦普頓的大學教授，而他父親在他十二歲的時候，謀殺他母親的故事。」

我說過圖勞特曾經是一個無業遊民，從一九七五年秋天起，他就不再發表自己所寫的故事，而將它們丟掉。我說那是在他獲知獨生子的死訊之後，他的兒子叫里昂，是美國海軍陸戰隊的逃兵，後來在瑞典得到政治庇護，成爲一名焊工，卻意外地於造船場的意外中被砍斷頭。

我也說過圖勞特在五十二歲時即遠離家園，一直到他快死的時候，別人在羅德島上，一個做爲作家隱居處的世外桃源中，提供了海明威套房，他才再度擁有一個家。

美國印地安人博物館曾經是供人緬懷歷史上範圍最大、歷時最久的種族大屠殺的地方，圖勞特住進去的時候，正打算將〈B—36三姊妹〉毀屍滅跡，應該可以這麼說吧。他在市區的公共圖書館完成了這篇故事，但是還來不及將它脫手，警察便將他逮捕。

他身上還一直穿著屬於軍用剩餘物資的海軍外套，他告訴收容所的櫃檯人員，他的名字叫文生・梵谷，沒有任何親人在世上。他接著走出門外，外面的天氣冷死了，簡直可以把睪丸凍成冰塊，然後他把手稿丟入美國藝術與文學協會門前，拴在消防栓上的無蓋鐵網垃圾桶中。

他消失了十分鐘後，又回到收容所，櫃檯人員問他：「文生，你到哪裏去了？我們都好想你。」然後他告訴圖勞特床位在哪裏。它正好靠著收容所與協會之間的那道牆。

這道牆靠協會的那一面，擺著一張莫妮卡・培波的黃檀桌，牆上掛著一幅喬治亞・奧基夫（Georgia O'Keeffe）的畫，畫的是荒涼地板上，一顆泛白的牛頭蓋骨。在圖勞特這一面，在他床頭的上方，貼著一份海報，告訴他，在他把叮噹插入任何東西之前，千萬別忘了先戴上保險套。

當時震發生、倒流的光陰結束，接著自由意志再度闖入，圖勞特和莫妮卡將會認識彼此。順帶一提，她的桌子曾經屬於小說家亨利・詹姆斯所有。她的椅子一度屬於作曲家兼指揮家伯恩斯坦所有。

當圖勞特了解到，時震發生的前五十一天期間，他的床位和她的桌子曾經如此接近，他一定會這麼說：「如果我有火箭筒，我一定會將我們之間的那道牆轟出一個洞。如果這樣還沒有殺掉我們倆中的任何一個人，我一定會問你：『像你這樣的好女孩待在這種地方幹什麼？』」

14

在收容所中，圖勞特隔壁床位的流浪漢祝他聖誕快樂。圖勞特回答說：「叮噹！叮噹！」

一般人可能會認爲，他的答覆很應景，暗指著屋頂上聖誕老公公的雪車鈴鐺，不過這樣的回答其實純屬巧合。對於任何空洞的問候，例如「你好嗎？」或是「您好」等等之類的話，不論是什麼時候，他的答覆一律是：「叮噹！叮噹！」

根據他的肢體語言、語調，及社會環境，他也可以讓這句話聽起來像是「也祝你聖誕快樂」。但是它也可以聽起來像是夏威夷的「阿囉哈」、「你好」或「再見」的意思。老科幻小說家也可以讓它聽起來像是「請」或「謝謝」，或「是」或「不是」，或是「我十分贊同」，或是「如果你的腦子是炸藥，也不足以將你的帽子轟掉」。

二〇〇一年的夏天，我在世外桃源問他，爲什麼他說話時，「叮噹」經常會成爲他的

「語助詞」，或者說是裝飾音。他的回答後來變成一個膚淺的解釋。「這是戰爭時期，當我要求砲兵所發射的砲火正中目標時，」他說：「我會叫喊出『叮噹！叮噹！』的聲音。」

大約一小時後，也就是海灘野餐會的前一天下午，他彎彎手指，把我招到他房裏。然後他將我們背後的門關上。「你眞的想知道『叮噹』的事嗎？」他問我。

我對他先前的回答已經很滿意。圖勞特是一個喜歡讓我多聽一些事的人。我先前單純的問題已經勾起了他在諾坦普頓令人毛骨悚然的童年回憶。他可以藉由描述這些事件驅逐這些回憶。

「在我十二歲的時候，」圖勞特說：「我爸殺了我媽。」

「她的屍體放在家中的地下室，」圖勞特說：「但是我只知道她失蹤了。爸爸發誓他不知道媽媽發生了什麼事。就像一位弒妻者經常所做的事，他說媽可能去拜訪親戚了。他那天早上殺了她，就在我離家上學後。

「那天晚上他為我們倆準備晚飯。爸說隔天早上如果我們還沒有媽的消息，他會請警察將她列為失蹤人口。他說：『她最近一直很疲倦、緊張。你有沒有注意到？』」

「他瘋了，」圖勞特說：「你知道他瘋到什麼程度嗎？他半夜來到我的房間，把我搖醒。他說他有很重要的事要告訴我。其實根本不重要，只不過是一個下流的笑話罷了。但是這個可悲又變態的男人卻相信這是一則寓言，暗示生命帶給他的嚴酷打擊。這是關於一個逃犯爲了擺脫警察，逃到一個他認識的女人家中的故事。

「她的客廳有著教堂式的天花板，也就是說一直連結到屋頂的尖端，樸實的屋椽橫跨下方的空間。」這時圖勞特停下來了。他好像沉迷於故事之中，就像他父親以前一樣。

在這個紀念自殺身亡的海明威的套房中，他繼續說道：「她是一個寡婦，趁她去拿一些丈夫的衣服時，他脫光身上的衣服。但是在他還來不及穿上衣服的時候，警察已經用警棍敲打著前門。所以逃犯就藏在屋椽上面。等那個女人開門讓警察進來時，他那特大號的睪丸就完全垂掉在下面。」

圖勞特再次停了下來。

「警察問女人那傢伙在哪裏。那女人說，她不知道他們說的是哪個傢伙。」圖勞特說。「有個警察看到垂在屋椽下面的睪丸，就問她那是什麼東西。她說那是中國寺廟的鐘。而他居然相信她的話。他說他一直很想聽聽中國寺廟的鐘聲。

「他用警棍敲打它們，但是根本沒有聽到任何聲音。所以他又敲了好幾次，一次比一次用力。屋椽上的傢伙最後慘叫出來，你知道他說什麼嗎？」圖勞特問我。

我說我不知道。

「他尖叫：『叮噹，你這個狗娘養的！』」

15

當美國印地安人博物館將種族大屠殺的紀念遺物遷移他處時，美國藝術與文學協會也應當仿效，將其人員及收藏品遷移到較安全的地區。然而這個協會還是深深地淪陷在住宅區中，周遭住著一羣各方面看來都不值得多活幾分鐘的人，這都是因為它的會員人數越來越少、士氣越來越低落，根本無法振作起來下定主意搬家。

說實在話，眞正關心協會遭遇的只有裏面的幹部、職員、打掃及維修人員，以及武裝警衛。他們當中也沒有任何人對過時的藝術感到興趣。然而他們都需要這份工作，不管這份工作多麼沒有意義，不禁使人想起一九三〇年代經濟大蕭條時期的人，當時不管他們得到任何工作都要慶祝一番。

圖勞特形容他當時能夠得到的工作就是「清理布穀鳥報時鐘的鳥糞」。

協會的執行祕書當然更需要這份工作。看起來非常像我姊姊愛麗的莫妮卡・培波，是她自己與先生若頓唯一的支柱，她先生因為她燕式的跳水而負傷癱瘓。所以她便加強這棟建築的防禦工事，將木製的前門換成半吋厚的鋼板，裝上「胡及特」（whoozit），或者說是窺視孔，它也可以被關上及鎖住。

她已經盡一切力量讓這個地方看起來像是被遺棄、掠奪之地，就像南邊兩哩遠的哥倫比亞大學廢墟一樣。窗戶跟前門一樣，也被鐵條封閉了，百葉窗則被堅硬的三夾板所隱藏，三夾板還被漆成黑色，並且將整個外表塗鴉，加以偽裝。協會人員已經做了修飾的平面藝術。莫妮卡則親自用橘色和紫色的顏料將前面的鐵門噴上「去他的藝術！」

非裔美人武裝警衛名叫達德里王子，圖勞特將〈B—36三姊妹〉丟入協會門前的無蓋鐵網垃圾桶時，達德里正好從門上「胡及特」（窺視孔）向外看出去。流浪漢翻攪垃圾桶並非什麼新鮮事，但是圖勞特，這個王子誤以為一名流浪老婦，而非流浪漢的人，所呈現出來的景象是很不尋常的。

圖勞特的外表從遠處看起來是這個樣子：圖勞特並不是穿褲子，而是穿著三層的保暖內衣，他的小腿從男女兩用海軍大衣的下擺露出來。沒錯，而且他腳上穿的不是靴子，而是涼鞋，使他外表看起來更像女的，就像他的女用頭巾一樣，那是一條印著紅氣球和藍色泰迪熊的破毯子。

圖勞特站在外面，對著無蓋鐵網垃圾桶說話，比手畫腳，好像那個垃圾桶是一家過時出版社的編輯一樣，好像他手寫的四頁泛黃手稿是一篇偉大的小說，一定會大爲暢銷似的。他一點也沒瘋。他後來會對他的舉止提出看法：「是世界精神崩潰了。我在惡夢中怡然自得，與想像中的編輯爭執廣告預算，以及電影中的角色應該由誰來扮演，以及電視節目上的個人演出等等，這些都是無傷大雅的樂趣。」

由於他的行爲實在太古怪了，所以一個眞正的流浪婦人路過時不禁問他：「你沒事吧，甜心？」

圖勞特開心地回答她：「叮噹！叮噹！」

圖勞特回到收容所後，武裝警衛達德里王子打開前面的鐵門，因爲過分無聊，同時也是好奇心驅使的緣故，他撿回了那份手稿。他要知道一個流浪老婦，一般人認爲有千百種理由可以自殺的人，這麼開心丟掉的究竟是什麼東西。

16

以下這段話取自《第一次時震》，是圖勞特對於導致時光倒流的時震以及其餘震所做的解釋，內容摘錄自他未完成的回憶錄《我以自動駕駛儀飛行的十年生涯》，請姑且聽之：

「二〇〇一年之所以時震，是因爲掌管宇宙命運的肌肉發生了僵直現象。紐約市發生時震的時間是在那年的二月十三日下午兩點二十七分，當時宇宙面臨了自信的危機。它應不應該無限制地擴張呢？意義何在呢？

「它猶豫不決。或許它應該與家族重聚，回到它原來開始的地方，然後再製造一次巨大的『轟隆一聲』。

「它突然縮水了十年，將我及其他人全部拉回一九九一年的二月十七日，我當時的時間是早上七點五十一分，正在加州聖地牙哥血庫外面排隊。

「爲了只有它自己最清楚的原因，宇宙取消了家庭重聚的計畫，至少暫時是如此。它又開始擴張。如果眞有派系決定要擴張還是縮水的話，我也不能說是哪一個。儘管我已經活在世上八十四年了，或者說是九十四年，如果你把倒流的光陰算在內，但是許多關於宇宙的問題，對我來說至今依舊無解。

「時光倒流持續了將近十年，只差了四天而已，有人會說這件事證明上帝的確存在，而且祂也是採取十進制。還說祂有十根手指和十個腳趾，就跟我們一樣，當祂在算數時也會將它們派上用場。

「我不太相信。我實在沒有辦法。我就是這個樣子。即使我的父親雷蒙・圖勞特，一名麻州諾坦普頓史密斯大學的鳥類學教授，沒有謀殺我那家庭主婦兼詩人的母親，我相信我還是會有那樣的想法。再說，我從來不曾認眞研習過各類宗教，所以根本沒有資格批評。我唯一確定的是，虔誠的回教徒不會相信聖誕老人的存在。」

在兩次的二〇〇〇年聖誕夜中的第一次，當時還很虔誠的非裔美人武裝警衛達德里王子認爲，圖勞特的〈B—36三姊妹〉可能是上帝本身所要傳達給該協會的一個訊息。畢竟，布布星球所發生的事，對於他自己的星球可能會發生的事來說，並沒有太大的差異，尤其是對他的老闆而言，他將美國藝術與文學協會留在曼哈頓區，遠在天邊的西一五五街，百老匯往西過去兩棟。

圖勞特一定會認識王子，就像他一定會認識莫妮卡·培波和我一樣，只要等到光陰倒流結束、自由意志再度闖入即可。因爲時震對王子所做的事，他因而鄙視上帝賢明公正之說，就像我姊姊愛麗一樣。愛麗有一次曾說：「如果眞的有上帝，祂一定很痛恨人類。我只能這麼說。」她這句話並非只針對她的生命而已，而是針對所有人的生命。

當圖勞特聽到王子如此認眞看待第一次二〇〇〇年聖誕夜時的〈B—36三姊妹〉，並且知道王子深信，一個流浪婦人在將泛黃的手稿丟掉時，故意演了一齣戲，好讓王子對這些文件感到好奇，繼而將它們撿回去時，這位老科幻小說家做出以下評論：「達德里，你的行爲十分可以理解。對於任何相信上帝存在的人來說，就像你一樣也曾經信仰過，相信布布星球存在對他們來說是輕而易舉的事。」

達德里王子是一位權威正派的不朽人物，腰間皮套中插著一支手槍，日以繼夜保護受到包圍的協會，你聽聽看他在兩次的二〇〇〇年聖誕夜中的第一次才過了五十一天之後，即將面臨的處境：時震會把他拉回單獨監禁牢房，進入「洞中」，將他囚禁於雅典娜的紐約州立成人監獄的城牆及高塔之中，距離他的家鄉羅切斯特南方六十哩遠，在那裏他擁有一間小型的錄影帶出租店。

沒錯，時震讓他年輕了十歲，但是他並沒有逃獄。也就是說他必須再服兩次連續的無期徒刑，沒有假釋的機會，罪名是在羅切斯特的餅乾店中，強暴並謀殺了一位華裔美人與義裔美人所生的十歲小女孩金柏莉王（Kimberly Wang），然而他根本是無辜的！

沒錯，就像我們其他人一樣，時光倒流一開始，達德里王子就記得接下來的十年會發生什麼事。他知道因爲受害人襯褲上的精液已經乾掉，所以他在七年中可以免掉DNA測試。在州檢察官寬敞的地下儲藏室中，會再次發現昭雪的證據被置於半透明的玻璃紙信封中，檢察官因爲希望被提名爲州長候選人而誣陷他。

喔，對了，同樣是這位州檢察官將會被發現躺在卡育加湖底六年多。另一方面，王子將會去修一個高中同等學歷，並且把耶穌基督視爲生活的中心，接下來的事都會依序發生。

當他再次被釋放後，他必須再次與其他曾經被誤判坐牢，然後又免除刑責的人一起參加電視脫口秀，說明坐牢是他最幸運的一件事，因爲他在那裏找到了耶穌。

17

在兩次的二〇〇〇年聖誕夜時——除了人們對於發生的事件所持的意見外，其實哪一次並不重要，曾經蹲過牢的達德里王子便將〈B—36三姊妹〉交到莫妮卡・培波的辦公室。當時她的丈夫若頓坐在輪椅上，正在預言讀寫能力於不久的將來會消失。

「先知穆罕默德辦不到，」若頓說：「耶穌、聖母瑪莉亞，和約瑟夫或許辦不到，抹大拉的瑪莉亞（Mary Magdalen）也辦不到。查理曼大帝承認他辦不到。這件事實在太困難了！整個西半球沒有人能辦到，甚至連先進的馬雅族、印加族，及阿茲特克族一直到歐洲人進入，才能想像該如何辦到。

「當時大部分的歐洲人根本沒有讀寫能力。少數會讀寫的人都是專家。我向你保證，甜心，由於電視出現，事情很快會演變成如此。

「而不論時光倒不倒流，達德里王子接著都會說：『抱歉，但是我認爲或許有人想告訴我們某些事。』」

莫妮卡・培波飛快地閱讀〈B—36三姊妹〉，愈讀愈沒有耐性，然後說這篇小說很荒謬。她把小說拿給丈夫看。但是他一看到作者的名字即受到強烈的衝擊。「天啊，天啊，」他驚叫：「二十五年來渺無音訊後，吉爾戈・圖勞特又再度走進我的生命！」

❖

以下是若頓・培波會有這種反應的解釋：當若頓在佛羅里達州羅德岱堡，就讀高中二年級時，他從父親所蒐集的陳舊的科幻小說雜誌中抄襲了一篇故事。他把這篇故事充當自己的作品，交給他的英文老師佛羅倫斯・威克森太太。這是圖勞特最後幾篇交給出版社的故事中的一篇。當時若頓是個高中生，而圖勞特是個流浪漢。

這篇遭到剽竊的作品敍述另一個銀河系上的星球，那裏住著綠色的小人兒，每個人都只有在額頭中間有一隻眼睛，他們只要能夠販賣商品或是服務給其他人，就可以得到食物。後來這個星球的顧客沒有了，沒有人可以想到任何明智的辦法解決這個處境。結果所有的綠色小人兒全都餓死了。

威克森太太懷疑這是抄襲的作品。若頓也承認了，他認爲這不過是一件好玩的事，並沒有什麼大不了。對他來說，剽竊的行爲就像圖勞特所宣稱的一般，是「小小的違法行爲」，

「在同性的盲人面前下流地暴露自己」。

威克森太太決定給若頓一個教訓。在全班注視之下，她叫若頓在黑板上寫「我偷了吉爾戈・圖勞特的財產」。然後，接下來的一星期，只要在她的課堂上，她都會叫若頓穿著一件紙板做成的衣服，上面還寫著字母P（譯註：property，財產之意），從他的脖子上垂在胸前。現在如果她對學生做這種事一定會被狠狠的控告一番。但是此一時也，彼一時也。

威克森太太對年輕的若頓・培波所做的事，靈感當然是來自霍桑（Nathaniel Hawthorne）所著的《紅字》（*The Scarlet Letter*），這是關於一個女人因爲「通姦」的緣故，必須在她胸前穿著一個大大的A的故事，因爲她讓一個不是他丈夫的男人在她的產道中射精。而且她不肯說出這個男人的名字。這個男人其實是個「牧師」！

因爲達德里王子說是一個流浪老婦，將這篇故事丟在前門的垃圾桶中，所以若頓認爲這個人不可能是圖勞特本人。「有可能是他的女兒或是孫女，」他推測：「圖勞特本人一定在好幾年前就死了。我衷心希望如此，願他的靈魂在地獄腐朽。」

但是圖勞特就在隔壁！他感覺好極了，他擺脫了〈B—36三姊妹〉後，心情大爲放鬆，因此開始寫另一篇故事。從他十四歲後，平均說起來，他每隔十天就完成一篇故事，也就是說一年有三十六篇。這一篇可以說是他的第兩千五百個作品！故事背景並不是在另一個星球，而是設在明尼蘇達州聖保羅的一位精神科醫生的辦公室中。

這位精神科醫師的名字也就是這篇故事的名稱，叫做〈雪登佛洛伊德醫師〉（Dr. Schadenfreude）（譯註：幸災樂禍之意）。這位醫生讓他的病人躺在長沙發上講話，這倒還好，但是他們只能漫無邊際地說說超市小報或電視脫口秀上，那些全然陌生的人所發生的一些無聊或瘋狂的事件。

如果病人突然說出「我」、「給我」、「我的」、「我自己」或「我的東西」，雪登佛洛伊德醫師就會十分激動。他會跳下鬆軟的皮椅、跺腳，並且揮舞著雙臂。

他會臉色發青的看著病人。然後咆哮吼叫：「你什麼時候才能學會沒有人在乎你，你，你，你這個無趣、微不足道的屎？你的問題就是你以為你『很重要』！得了吧，否則就移動你傲慢的屁股滾開這裏！」

18

圖勞特隔壁床的流浪漢問他在寫什麼。這是〈雪登佛洛依德醫師〉的第一段。圖勞特說這是一篇故事。那個流浪漢說圖勞特或許可以從隔壁那些人手中弄到一些錢。當圖勞特聽到隔壁是美國藝術與文學協會時，他說：「我個人認爲還不如是中國理髮師學院的好。我不寫文學。文學是隔壁裝模作樣的猴子所關心的事。

「隔壁那些自命爲藝術家的傢伙用筆墨創造活生生、會呼吸的立體人物，」他繼續說道：「眞棒啊！好像這個星球會因爲有了三十億個活生生、會呼吸的立體人物，就不會死亡了！」

事實上隔壁唯一的人當然就是莫妮卡和若頓・培波，以及達德里王子爲首的三個白天班的武裝警衛。莫妮卡讓辦公室及管理員休假一天，讓他們可以在最後關頭進行聖誕節的採購。很不巧，他們都是基督徒或不可知論者或背教者。

晚班的武裝警衛是不折不扣的回教徒。如同圖勞特在世外桃源時，於《我以自動駕駛儀飛行的十年生涯》中所寫：「回教徒不相信聖誕老人的存在。」

「在我身為作家的職業生涯中，」圖勞特在前美國印地安人博物館中說道：「我只創造了一個活生生、會呼吸的立體人物。我是用我的叮噹放在一個產道中來完成此事。叮噹！」他指的是他的兒子里昂（Leon），在戰時成了美國海軍陸戰隊的逃兵，後來在瑞典造船場被砍斷了頭。

「如果我浪費時間創造人物，」圖勞特說：「我根本沒辦法四處遊蕩，將注意力放在一些重要的地方：大自然中不可抗拒的力量、殘酷的發明、荒謬的理念和政府和經濟，這些讓英雄、英雌覺得像是被貓拖在地上的東西！」

圖勞特可能會說——我也可能會這麼說，他創造的是「諷刺漫畫」而非人物。他對於所謂的「主流文學」的厭惡感並非他特有的專利，而是科幻小說家共通的特性。

19

嚴格說來，許多圖勞特的小說，除了那些令人難以置信的人物角色之外，根本就不算科幻小說。〈雪登佛洛伊德醫師〉不能算是科幻小說，除非有人眞的那麼沒有幽默感，將精神病學視爲一種科學。隨著時震的時間愈來愈近，圖勞特繼〈雪登佛洛伊德醫師〉之後，丟入美國藝術與文學協會前的垃圾桶中的〈碉堡賓果遊戲派對〉（Bunker Bingo Party）則是一篇根據眞人眞事所寫的小說。

那個故事發生在歐洲第二次世界大戰結束時，地點是希特勒（Adolf Hitler）的寬敞又防彈的碉堡中，位於德國柏林廢墟底下。在那篇故事中，圖勞特稱他的戰爭，同時也是我的戰爭，是「第二次失敗的文明企圖自殺事件」。他在談話時也是這樣子說的。有一次他還補充說道：「如果剛開始你沒有成功，請務必，務必要再試一次。」

蘇聯的坦克車和步兵在街上距離碉堡鐵門僅有幾百碼遠。「被困在地面下的希特勒，一個世上最令人厭惡的人，」圖勞特寫道：「不曉得該如何是好。他和他的情婦伊娃・布勞恩

（Eva Braun）以及少數幾個親近好友都待在那裏，包括他的宣傳部長約瑟夫・戈培爾（Joseph Goebbles）以及戈培爾的妻子和小孩子。」

由於希特勒沒有任何要緊的事可做，他於是向伊娃求婚。而她也接受了！

故事發展到此，圖勞特反問了一句話，這是完全脫離主題的一個段落：

「有什麼大不了？」

每一個人在婚禮儀式進行時都忘了他們自身的痲煩事。當新郎親吻新娘之後，這個派對又開始令人感到無趣了。「戈培爾有一隻腳內彎，」圖勞特寫道：「但是戈培爾一直有一隻腳是內彎的。所以那實在不是問題。」

戈培爾記得他的孩子把賓果遊戲帶在身邊。那是在大約四個多月前的巴爾基（Bulge）戰役中，絲毫無損的由美軍那兒奪來的。我自己在那場戰役中被俘虜時也是毫髮未傷。德國爲了要保存其資源，已經停止製造他們自己的賓果遊戲。因爲那個原因，也因爲這些在碉堡中的成年人在希特勒崛起，以及像現在衰敗時都非常忙碌，所以戈培爾家的小孩就成了唯一知道如何玩這個遊戲的人了。他們是向鄰居小孩那學來的，那小孩的家中有一套戰前賓果遊戲。

故事中有一景令人稱奇：解釋賓果遊戲規則的一名男孩和一名女孩，變成了盛裝打扮的納粹們的宇宙中心，包括昏庸的希特勒在內。

我們之所以會有〈碉堡賓果遊戲派對〉的謄本，以及時震發生前，圖勞特丟棄在該學院門前的其他四個故事，這全都要歸功於達德里王子。第一次開始，當這十年的題材還是頗具創意的時候，他就一直相信——雖然莫妮卡・培波並不相信，流浪老婦利用垃圾桶做爲郵筒，因爲她知道王子會透過前面鐵門的「胡及特」注視著她瘋狂的舞蹈。

王子取回每篇故事，並且認眞思索，希望發現高等力量所傳達的重要訊息。因爲不論時光倒流與否，下班後，他就是一個寂寞的非裔美人。

20

二〇〇一年的夏天，達德里王子在世外桃源親手將一捆小說交給圖勞特，圖勞特以爲衛生局已經把這些小說焚燒、埋藏或傾倒在遙遠的海灘中，除了他自己，沒有人有機會讀到這些故事。根據圖勞特向我敍述，當時他全身赤裸，盤膝坐在海明威套房中特大號的床上，他迅速地翻過這些破舊的手稿，滿臉不屑。那天的天氣很熱。而當時他剛在按摩浴缸中洗完澡。

但是接著他將目光落在其中一景中，內容描述兩個反猶太的小孩教導穿著活像是戲服的制服的納粹高階官員玩賓果遊戲。他看到自己寫出這麼精彩的作品，驚訝之餘，也讚嘆不已。他從來沒想到自己會像個作家一樣，有些微的價值。他讚嘆這一景彷彿是回應以賽亞書中的預言：

豺狼必與綿羊羔同居，豹子與山羊羔同臥；少壯獅子與牛犢並肥畜同羣；小孩子要牽引牠們。

❖

「肥畜」指的是養肥待宰的小動物。

「我讀到那一段文章，」圖勞特對我和莫妮卡說：「然後我問自己，『我到底是怎麼辦到的？』」

我不是第一次聽到一個人完成了卓越的作品後，提出了這樣一個有趣的問題。一九六〇年代的時候，那時距離時震還有好長、好長一段時間，我在鱈角的邦史戴伯村有一間很棒的房子，很大也很舊，我的第一任妻子珍瑪麗・馮內果——她的娘家姓寇特斯——和我就在那裏扶養四個男孩和兩個女孩。後來我用來寫作的廂房垮掉了。

我把它整間拆掉，然後拖走。我雇了我的朋友泰德・阿德勒幫我照原來的樣子蓋一間新的廂房，他是一個什麼工作都能做的人，技術老練，跟我同年。他獨自架好鷹架。他監督事先拌好水泥的卡車灌水泥。他親自將水泥塊放置在鷹架上。他建造整棟建築物，加上包覆材料和壁板，並且將屋頂鋪上薄木板，並且爲整個地方安裝電線。接著他裝上窗戶與門。然後釘牢並接合石膏板。

石膏板是這項工程最後的一個步驟。我自己則負責內外部油漆的部分。我事先告訴泰德我至少要做到這一點事，要不然他早就幫我做了。他自己的部分完成後，將我不用來當引火的碎屑全部拿去丟掉，然後他在屋外站在我旁邊，從三十呎遠的地方看著我的新廂房。

然後他就問了：「我到底是怎麼『辦到』的？」

截至一九九六年的夏天爲止，那個問題一直是我最喜歡引述的三句話之一。這三句中有兩句都是問題，而不是什麼好的建議。第二句話是耶穌基督所說的「他們說我是誰？」第三句是我的兒子馬克所說的話，他是小兒科醫師兼水彩畫家兼薩克斯風演奏家。我在另一本書中已經引述過他的話：「我們到此是要幫助彼此熬過這件事，不管是什麼樣的事。」

有人可能會抗議：「親愛的馮內果醫生，我們不可能每個人都當小兒科醫師啊！」

在〈碉堡賓果遊戲派對〉中，納粹玩起了賓果遊戲，宣傳部長——他大概是歷史上最有效率的溝通者——大聲喊出遊戲者牌上輸或贏的座標。後來證明，這個遊戲對於深陷恐慌之中的戰犯來說是沒有感覺的，就像它持續對教堂聚會中無害的老太婆所起的作用一樣。

有幾個戰犯都戴著鐵十字勳章，這種勳章只頒給在戰場上展現無畏精神，足以被視爲精神病的德國人。希特勒也戴過這種勳章。那是他於第二次失敗的文明企圖自殺事件發生時，擔任下士所獲得的。

在世界第二次想結束一切卻又搞砸的這段期間，我是擔任一名上等兵。就像海明威一樣，我從來沒有殺過一個人。或許希特勒也不曾開過那個大玩笑。他並沒有因爲殺了一羣人而榮獲國家最高勳章。他之所以得到這面勳章，是因爲他是一名勇敢的信差。並不是每個上戰場的人都會一心一意專注在殺戮上。我自己曾經是個情報員與偵察步兵，負責前往我方尚未占領的地區尋找敵人。如果找到了敵人，我不能與他們對抗。我不能被敵人發覺，並要保住性命，如此才能通知我的上級敵人的位置，以及他們的動態。

當時是冬季，我因凍傷而榮獲我國第二低的勳章——紫心勳章。

❖

當我從戰場上返抵家中時，我的叔叔丹輕拍我的背，然後吼道：「你現在是一個『男人』

了！」

我差一點殺了第一個德國人。

現在我們回到圖勞特自眞人眞事所改編的小說：好像天上眞的有上帝似的，結果是元首大喊「賓果！」希特勒贏了！他有點懷疑地說——當然是用德語：「我眞不敢相信。我以前從來沒玩過這種遊戲，而我居然贏了。我『贏』了！這難道不是一個奇蹟嗎？」他是一個天主教徒。

他從桌前的椅子上起來。他的目光依然停留在面前贏了的牌上，根據圖勞特所言，「彷彿它是杜林壽衣的碎片似的。」然後這傢伙問道：「這除了表示事情沒有我們想像的這麼糟之外，還可能會有什麼意思呢？」

就在此時伊娃・布朗吞下一粒氰化物膠囊，破壞了這一刻。那是戈培爾的的太太送給她的結婚禮物。戈培爾太太手上還有很多膠囊，遠超過她的親人所需要的數量。圖勞特如此描述伊娃・布朗：「她唯一的罪過就是允許一個怪物在她的產道中射精。這些事情通常發生在女人中的佼佼者身上。」

共產主義的二四〇公釐的榴彈砲於碉堡上方爆炸了。搖晃的天花板紛紛落下白色粉末，落在屋內這聾耳朵已被震聾的人身上。希特勒自己開了一個玩笑，以表示他的幽默感尚存。「下雪了。」他說。那也是一種詩意的說法。該是他自殺的時刻了，除非他想成爲怪胎巡迴表演中被囚禁的超級明星，與長鬍子的女人及雜耍員爲伴。

他將手槍對準自己的頭。每個人都說：「不要，不要，不要。」他說服大家相信，槍殺自己才有尊嚴。但是他最後的遺言應該說什麼呢？他說：「『我一點兒也不後悔』怎麼樣？」

戈培爾回答說，這樣的聲明應該很適當，但是同樣一句話巴黎酒吧舞者伊蒂絲·琵雅已經用法語唱了幾十年，而且聞名全世界。「她的綽號，」戈培爾說：「叫做『小麻雀』，你大概不會想要人家把你想成小麻雀吧，不過或許我猜錯了也說不一定。」

聽到這句話，希特勒依然保持他的幽默感。他說：「那『賓果』怎麼樣？」

然而他畢竟是疲倦了。他再次用手槍指著他的頭。他說：「我從未說過要出生於這個世界。」

然後手槍發出「碰」的一聲！

21

我是美國人權協會的榮譽會長，協會總部位於紐約愛默斯特，我從來沒有去過那裏。我繼承已逝的會長，作家暨生化家伊薩克・阿西莫夫（Isaac Asimov）博士的位置，擔任這個沒有作用的機構的榮譽會長。我們成立一個組織，一個無趣的事業，就是爲了讓其他人知道，我們的人數衆多。我們寧可活得像是一個人道主義者，但卻不去談論它，或是寧可思考它的時間多於我們思考呼吸的時間。

人道主義者想表現出舉止端莊，行爲高尙，卻不求來世有任何回報或懲罰。由於宇宙的創造者至今對我們來說仍是不可知的，所以我們盡可能的效勞我們多少有些了解的最抽象的概念，也就是我們的社區。

對於有組織的宗教來說，我們是教徒之敵嗎？不是。我偉大的戰友伯納・奧哈拉（Bernard V. O'Hare），現在已經死了，他在二次大戰時期對羅馬天主教失去了信仰。我不喜歡這樣。我認爲這樣實在失去太多了。

我從來沒有像那樣信仰過，因爲我是由一羣有趣、而又富有道德感的人扶養長大的，然而他們跟湯瑪斯・傑佛遜和班傑明・富蘭克林一樣，對於傳道者宣稱即將發生之事全都抱持懷疑的態度。但是我知道奧哈拉失去了一些重要且高尙的東西。

再說一次，我不喜歡這樣，我不喜歡這樣是因爲我太喜歡「他」了。

幾年前我曾經在人權協會爲阿西莫夫博士所舉辦的追悼儀式上發表演說。我說：「伊薩克現在上天堂了。」那是我對人道主義聽衆所能說的最好笑的一件事。那羣聽衆全都被我逗得捧腹大笑。而該處就像圖勞特在〈並不可笑〉中的軍事法庭的場景，就在太平洋吞噬了第三顆原子彈，以及「喬伊的驕傲」和其他一切事情發生之前。

當我自己過世的時候，但願不會發生這種事，我希望某個有幽默感的人會這樣描述我：「他現在上天堂了。」

我喜歡睡覺。我在另一本書中發表了一首新的安魂曲，是由舊樂譜改編而成的，我在書中提到，來世需要睡眠對每個人來說都不是壞事。

我想天上不需要更多的用刑室與賓果遊戲。

昨天是一九九六年七月三日星期三，我收到一個男人所寫的一封文情並茂的信，這個人從未說過要出生於這個世界，而且曾經是我們無與倫比的懲戒機構中多年的俘虜，第一次是少年罪犯的身分，然後是成年罪犯。他即將被釋放，回到一個沒有朋友或親戚的世界。在間斷了十年多的漫長歲月後，自由意志即將再度闖入。他該怎麼辦？

身爲美國人權協會的榮譽會長，我今天回信告訴他：「加入教堂。」我這麼說是因爲一個成年流浪漢最需要的就是一個像家的地方。

我無法向這樣的人推薦人道主義。我也不會對這個星球上絕大部分的人類這麼做。

得過梅毒的德國哲學家尼采曾說過，唯有信仰堅定的人才負擔得起奢侈的宗教懷疑論。人道主義者一般說來都是受過教育、生活安逸的中產階級，擁有像我一樣有價值的生活，這些人從世俗的知識與希望中就足以找到狂喜。大部分的人都無法做到這一點。

《憨第德》（*Candide*）的法國作者伏爾泰同時也是人道主義者的亞伯拉罕，在面對他那教育程度不高、頭腦較爲簡單、較易受到驚嚇的僕人時，總是刻意隱瞞他對天主教的階級制度的輕蔑，因爲他知道他們的宗教對他們來說是一種安定劑。

在稍許的驚慌中，我於二〇〇一年夏天告訴圖勞特，關於我對這位即將被監獄驅逐的人所提出的建議。他問我，我是否曾經再聽過這個人的消息、是否知道他這五年間情況如何，或是這十年，如果我們將倒流的光陰算在內的話。而我不曾聽過他的消息，也不知道他的近況如何。

他問我，我自己是否曾經爲了好玩，試過加入教堂，以便了解那是怎麼一回事。「他」曾經這麼做過。我說，我最接近教堂的一次，是因爲第二任的準妻子吉兒・克倫梅茲和我認爲，在轉角的小教堂結婚，將是一件既可愛又豪華的事，地點位於曼哈頓第五大道上的東二十九街，一間具有迪士尼風格的教堂。

「等他們發現我曾經離婚，」我說：「就指定了各式的懺悔儀式，要我在乾淨到足以結婚之前執行這些儀式。」

「我說得沒錯吧，」圖勞特說：「如果你是前科犯，想想所有你必須一一懺悔的屁話有多少。如果那個寫信給你的畜生眞的找到一間能夠接納他的教堂，那麼他一定能輕易回到獄中。」

「爲什麼？」我說。「是因爲搶了濟貧捐款箱嗎？」

「不是，」圖勞特說：「是因爲他爲了取悅耶穌基督，槍殺了正要回到墮胎房工作的醫生的緣故。」

22

我忘了二〇〇一年二月十三日的下午，時震發生的那一刻，我當時在做什麼。我想不會是什麼重要的事。我很確定不會是在寫另一本書。看在老天的份上，我當時七十八歲了！而我的女兒莉莉當時十八歲！

老圖勞特當時還在寫作。那裏的人以爲他的名字叫文生・梵谷，他坐在收容所的床上，正開始寫一篇關於一個勞工階級的倫敦人亞伯特・哈代的故事，同時也是這篇故事的名字。亞伯特・哈代生於一八九六年，頭長在雙腳之間，生殖器長在脖子上，看起來「就像綠皮胡瓜」。

亞伯特的雙親教他用雙手走路，用雙腳吃飯。所以他們才能夠用褲子隱藏他的私處。他的私處並不像圖勞特的叮噹寓言中那個逃犯的睪丸那樣地巨大。不過那並不是重點。

莫妮卡・培波就在隔壁的桌子旁，相距只有幾呎遠，但是他們依然尚未相遇。她和達德里王子和她先生依然相信，將小說放在門前垃圾桶的是一個老女人，所以她無論如何不可能住在隔壁。他們認爲最有可能的情況是，她來自修道會大道上，一個專門收容殘弱老人的收容所，或是聖約翰大教堂救濟所中的勒戒中心，那裏收容的對象不限男女。

莫妮卡的家，同時也是若頓的家，是一棟位於烏龜灣的公寓，那裏是很安全的地區，距離辦公室七哩遠，非常接近聯合國。她每天坐著私人司機所駕駛的大轎車，往返於工作之間，那輛轎車已經修改過了，以便容納若頓的輪椅。這個協會極爲富裕。錢不是問題。由於過去一些過時的藝術愛好者所慷慨捐贈的禮物，這個協會甚至比幾個聯合國的會員還要有錢，其中當然包括馬利、史瓦濟蘭，以及盧森堡。

若頓那天下午坐在大轎車中，他正要去接莫妮卡。時震發生時，她正在等待若頓的到來。他一直要等到按下學院的門鈴時，才會被拉回一九九一年二月十七日。他會年輕十歲，「所有一切」重新再來！

從門鈴那兒所得到的反應可眞不小！

時光倒流結束後，自由意志再度闖入，每個人以及每件事都會剛好回到時震發生時他們正在做的事。所以若頓會再次下半身癱瘓坐輪椅，並且再次按門鈴。他不了解就在突然間，他可以決定他的手指接下來要做什麼。他的手指由於沒有得到他，或是其他的指示，繼續將門鈴按了又按。

若頓被一輛逃逸的消防車撞倒時，也是同樣的情況。消防車司機還不曉得他可以「駕駛」那輛車了。

❖

如同圖勞特在《我以自動駕駛儀飛行的十年生涯》所寫：「是自由意志造成所有的傷害。時震以及它的餘震並沒有扯斷蜘蛛網上的一絲線，除非某些其他力量第一次的時候就將那絲線扯斷了。」

時震發生時，莫妮卡正在處理世外桃源的預算。作家在羅德島錫安區的隱居活動是由朱列斯・金恩・波文基金會（Julius King Bowen Foundation）所贊助，該協會負責運籌帷幄。朱列斯・金恩・波文在莫妮卡出生前就死了，這個白人終生未婚，在一九二〇年代與一九三〇年代初期之間，以寫小說及演講致富，描述美國黑人致力模仿成功的美國白人，希望自己也能一樣成功的故事，內容很逗趣，但同時也很感人。

公共海灘和世外桃源的邊界上有一塊鑄鐵製的歷史紀念碑，上面說這棟宅邸從一九二二年到波文一九三六年過世爲止，一直是波文的家和工作的地方。還說哈定（Warren G. Harding）總統聲稱波文是「美國的桂冠笑聲、黑人方言大師，以及幽默大師馬克吐溫的傳承者」。

我在二〇〇一年讀這塊紀念碑時，圖勞特會這樣告訴我：「哈定在白宮的掃帚室中，在一名速記員的產道中射精，生下了一名私生女。」

23

圖勞特被拉回到一九九一年加州聖地牙哥一個血庫外的行列時，他想到關於頭在雙腿間，叮噹在頸上那傢伙的故事「亞伯特·哈代」該如何結尾。但是他一直要等到十年後，自由意志再度闖入，才得以寫出該結局。結局是亞伯特·哈代於索姆河的第二次戰役中擔任軍人時，會被炸得粉碎。

亞伯特·哈代的識別牌不會被找到。他身體的殘肢會被重組成一般人的樣子，頭會在頸上。他的叮噹並沒有物歸原主。坦白說，他的叮噹絕不會是徹底搜尋的對象。

亞伯特·哈代會被埋葬於法國的永恆之火中，在無名戰士公墓中，「至少終於正常了」。

我自己則被拉回這棟靠近紐約長島頂端的房子，也就是我現在正在寫作之處，這時倒流的光陰才進行一半。一九九一年時，我就像現在一樣，正盯著一份我出版過的作品名單，心想著：「我究竟是怎麼『辦到』的？」

我當時的感覺就像現在的感覺一樣，就像不再開口的捕鯨人赫曼・梅爾維爾描述的一樣。他們肯定已經說了所有能說的一切。

我在二〇〇一年告訴圖勞特我少年時期的一位紅髮朋友大衛・克雷格的故事。他現在是路易斯安那州紐奧良的營造商，在我們的戰爭中，他因爲在諾曼第摧毀一輛德國坦克車而榮獲青銅星獎章。當時他和一位伙伴正巧看到這輛鋼鐵怪獸獨自停在樹林中。當時它的引擎並未啓動。車子外面沒有任何人。車內的電臺正在播放流行歌曲。

於是大衛和他的伙伴回去拿了一支火箭筒。他們回來時，坦克車還停在那裏。車內的電台依然在播放音樂。他們用火箭筒射擊那輛坦克車。德國人並沒有從砲塔中跳出來。電台也停止播放音樂了。就是這樣。就這麼一回事。

然後大衛和他的伙伴匆忙從那裏逃走。

圖勞特說，他覺得我少年時期這位朋友的青銅星獎章得的實至名歸。「他幾乎可以確定殺了人和毀了收音機，」他說：「讓他們可以少過很多年令人失望與煩悶的文明生活。我引用英國詩人A・E・豪斯曼（A. E. Housman）的話，他這麼做讓他們得以『死於榮耀，永不老朽』。」

圖勞特停了下來，用左手的拇指固定上面的假牙，然後繼續說道：「如果我有耐心創作立體人物，一定可以寫出暢銷書。聖經或許是有史以來最偉大的故事，但是最受歡迎的故事乃是關於一對俊男美女極爲享受婚外情，然而他們卻在新鮮度還很高的時候，爲了某種緣故，而不得不放棄這段關係。」

❖

我想起了史帝文·亞當斯，他是我姊姊愛麗三個兒子中的其中一個，在愛麗不幸的丈夫吉姆於紐澤西州因爲搭乘火車而從打開的吊橋中墜落身亡後，我的第一任妻子珍和我收養了這三個孩子，兩天後，愛麗就死於癌症。

當史帝文在達特茅斯念第一學年，於聖誕假期返回鱈角的家時，他幾乎快哭了，原來他奉某一教授之命，剛讀完了海明威所著的《戰地春夢》。

史帝文現在是中年的電影及電視的喜劇作家，由於他當時實在太喪氣了，不禁令我把這本小說再讀一次，想看看這本書到底對他做了什麼事。《戰地春夢》可算是一本抨擊婚姻制度的小說。海明威的主角在戰時受傷。他和他的護士墜入情網。他們度蜜月的時候遠離了戰場，享受最上等的食物與美酒，不過他們並沒有先結婚。後來她懷孕了，證明——好像這件事受到懷疑似的——他的確是不折不扣的男人。

後來她和嬰兒都死了，所以他不需要找一份正常的工作、一間房子、保險，和所有的麻煩事，反正他擁有的回憶太美麗了。

我向史帝文說：「海明威讓你流下的眼淚是『紓解』之淚！看起來那傢伙正打算結婚安定下來。但是後來他又不必這麼做了。呼！好險啊！」

圖勞特說他只想到一本書跟《戰地春夢》一樣蔑視婚姻制度。

「哪一本。」我說。

他說是一本梭羅所寫的書，書名叫做《湖濱散記》。

「這本書我喜歡。」我說。

24

我在一九九六年的演講中說，美國之所以離婚率高達百分之五十以上，是因爲大部分的人都不再擁有大家庭。現在你和某個人結婚，你所得到的就只有一個人。

我說夫妻吵架時，經常非關乎錢、或性、或權力分配的問題。他們眞正在說的是：「只有你一個人不夠！」

佛洛伊德（Sigmund Freud）說他不知道女人要什麼。我知道女人要什麼。她們要一大羣可以說話的人。

圖勞特說「男女小時」（man-woman hour）代表夫妻親密度的測量單位，我感謝他提出這個觀念。所謂男女小時就是在一小時的時間中，夫妻親近到足以注意到對方的存在，並且一方能夠以非吼叫的方式，向對方述說事情——如果他或她願意這麼做的話。圖勞特在他的小說〈金婚紀念〉（Golden Wedding）中說，他們沒有必要爲了累積男女時間而說任何話。

〈金婚紀念〉是達德里王子在時震發生前，從垃圾桶所救回的另一篇小說。故事敍述一位花商爲了增加業績，使一些夫妻都在家工作的人，或是花很多時間一起玩爸媽結合遊戲的人相信，他們有資格一年慶祝好幾次結婚紀念日。

他估計分開工作的夫妻，平均每個人每個週末可以累積四個男女小時，兩個人整個週末加起來就有十六個小時。兩個人在一起睡得很熟的時間不算在內。他於是算出，一個標準的男女週相當於三十六個男女小時。

他將三十六小時乘以五十二。以概略的數字表示的話，他算出一個標準的「男女年」相當於一千八百個男女小時。他在廣告上宣稱，任何累積到這麼多男女小時的夫妻都有資格慶祝一次結婚紀念日，收到鮮花及適當的禮物，即使他們只花了二十週累積到這個數字也無妨！

如果夫妻繼續像這樣累積男女小時，就像我兩任妻子和我在兩次婚姻中曾經做過的事一樣，他們即可輕易在短短二十年內就慶祝紅寶石紀念日，然後在二十五年內即可慶祝他們的金婚紀念日（譯註：結婚四十週年爲紅寶石婚，結婚五十週年爲金婚）！

我不打算討論我的愛情生活。我會說，我至今還是弄不懂女人是如何構成的，而我將走向我勇敢的欲望，撫摸她們的屁股與乳房。我也會說，撒旦在蘋果中放了許多意念，要蛇拿給夏娃吃，而其中做愛——如果夠誠懇的話——是這些偉大意念中的其中之一。不過，在那顆蘋果中最棒的意念就是爵士樂了。

25

在愛麗死於醫院的兩天前，她的丈夫吉姆・亞當斯眞的因爲搭乘火車而從打開的吊橋中墜落。過程聽起來比小說還離奇！

吉姆因爲生產自己發明的玩具，使他們債臺高築。那是一個塞有軟木塞的橡皮氣球，裏面是一塊永久可塑式的黏土。那是有皮的黏土！

小丑的臉印在氣球上。你可以用你的手指將它的嘴巴開得大大的，或是拉高鼻子，或是讓它的眼睛凹下去。吉姆稱它爲「任人擺布臉」。任人擺布臉從來沒有受歡迎過。而且，任人擺布臉還使它的廠商和廣告商欠下了龐大的債務。

愛麗和吉姆皆爲紐澤西州的印第安納波里斯人，他們有四個兒子，沒有女兒。其中一個男孩是一個喜歡低聲啼哭的嬰兒，這些人沒有一個說過要出生於這個世界。

我們家族的男孩和女孩來到這個世界時，就像愛麗一樣，都會具備與生俱來的天賦，像是繪畫和雕塑等等。珍和我所生的兩個女兒，伊蒂絲和娜內特，都是中年的專業藝術家，都開過展覽，販賣畫作。我們的兒子馬克醫生也一樣。還有我也是。愛麗本來也可以成爲藝術家的，如果她願意努力工作，振作一點的話。但是如同我在其他地方曾經提過，她說：「就因爲你有天賦，那並不代表你必須『做』跟它有關的事。」

我在我的小說《藍鬍子》（*Bluebeard*）中說：「當心上帝所賦與的天賦。」我想我寫這句話的時候想到了愛麗，然後在《第一次時震》中，我讓莫妮卡用橘色和紫色將協會前面的鐵門噴上「去他的藝術！」時，我又想到了愛麗。愛麗不知道有美國藝術與文學協會這樣的機構，這一點我幾乎可以確定，但是她一定很高興看到那樣的話到處展示。

我們的建築師父親對於愛麗成長時期所做的任何藝術作品都會欣喜若狂地胡扯一番，彷彿她是新一代的米開朗基羅，這使她很引以爲恥。她並不笨，也並非沒有品味。雖然父親並非有意如此，但他總是嚴厲處罰她，提醒她別忘記她的天賦有限，縱使她原本期望不大，這樣的舉止還是抹煞了她在發揮天分時，所可能發掘的些許樂趣。

因爲愛麗是一位漂亮的女孩，所以會因爲微不足道的事被大大地稱讚一番，使她備受鼓勵。只有男人才可以成爲偉大的藝術家。

我十歲的時候，愛麗十五歲，而我們的大哥，天生的科學家柏尼十八歲，有一天吃晚餐時，我說女人甚至不是最棒的廚師或裁縫師。男人才是。然後母親就往我頭上倒了一瓶水。

但是母親一樣喜歡胡扯，要愛麗嫁個有錢人，又說愛麗這麼做多重要，就像父親喜歡對愛麗的藝術作品胡扯一樣。經濟大蕭條時期，我們縮衣節食，送愛麗就讀一所充斥著印第安那州女繼承人的學校，都鐸學院（Tudor Hall），是一所女子學校，或稱之為「兩門地獄」（Two-Door Hell）（譯註：都鐸學院之諧音）、「妓女堆」（Dump for Dames），該校距離雪齊吉高中南邊四個街區遠，在那裏她可以接受我所接受的教育，一個較為自由、豐富、民主，而且十足的異性教育。

我第一任妻子珍的雙親，哈維和瑞亞・寇特斯，也做了同樣的事：他們將唯一的女兒送到都鐸學院就讀，為她買有錢女孩的衣服，然後為了她的緣故，雖然無力負擔，他們還是在伍茲塔克高爾夫鄉村俱樂部中保持會員身分，這樣她才能嫁給家裏有錢又有權的男人。

家中有錢又有權的印第安納波里斯男人可以迎娶一個家裏沒有壺可以撒尿的女人，只要她具備有錢女孩的儀態和品味即可，這樣的觀念在經濟大蕭條及第二次世界大戰相繼結束後，變成一件蠢事，就跟販賣裏面有一團濕黏土的氣球是一樣的。

在商言商。

愛麗所能找到的最好的丈夫就是吉姆・亞當斯，他是一個美麗、迷人，風趣的傢伙，既沒錢也沒專長，戰時服役於陸軍公關部門。珍所能找到的最好的丈夫，而且是在未婚女性恐慌時期，就是一個上等兵，在康乃爾大學時因爲上戰場而當掉了所有的課，而且在自由意志再度闖入後，對於下一步該怎麼做毫無頭緒的人。

聽聽這個：珍不但具備有錢女孩的儀態和衣裳，她也是史瓦茲莫優秀學生榮譽學會會員，而且還是那裏的一位傑出作家！

我想或許我可以成爲一個半調子的的科學家，畢竟那曾經是我的教育。

26

在第三版的《牛津引文字典》（*The Oxford Dictionary of Quotations*）中，英國詩人柯立芝（Samuel Taylor Coleridge）說到：「願意暫時停止懷疑片刻，這樣構成了詩的信仰。」這種接受胡言亂語的觀念，對於享受閱讀詩、長篇小說、短篇小說，和戲劇的樂趣，都是必要的。然而，有些作家的言詞實在是太荒謬了，令人難以相信。

例如，誰能夠相信圖勞特在《我以自動駕駛儀飛行的十年生涯》中如下的描述：「在太陽系有一個星球，那裏的人非常地笨，所以他們一百萬年來都不曉得他們的星球還有另一半。一直到五百年前他們才知道這件事！一直到五百年前！而現在他們稱自己為『人類』。

「蠢嗎？你想談論蠢嗎？其中一半的人實在太笨了，所以他們根本沒有字母！他們也還沒有發明輪子！」

圖勞特先生，饒了我吧。

他似乎特別在嘲弄美國原住民，有人會認爲，他們已經因爲自己的愚蠢，受到適當的懲罰。根據麻省理工學院——我大哥、我父親和我祖父取得高級學位的地方，然而也是我舅舅彼得彼得・李雅柏被退學的地方——的教授諾姆・喬姆斯基（Noam Chomsky）所言：「目前估計，哥倫布『發現』新大陸時——這是照我們的說法，拉丁美洲大概有八千萬個美洲原住民，而里約格蘭德河北方大約還有一千兩百萬到一千五百萬個美洲原住民。」

喬姆斯基繼續說：「到了一六五〇年，大約百分之九十五的拉丁美洲人口都死了，等到美國的國界建立後，原住民人口大約只剩下二十萬。」

依我之見，圖勞特不是在高唱反殖民主義，而是在質疑——或許表現得很細微，偉大的發現，像是發現另一個半球，或是可以擷取的核能，是否眞的可以讓人類比以往還要快樂。

❖

我個人認爲，核能已經讓人類變得比以前不快樂，而必須住在兩個半球的星球更使我們的原住民非常地不快樂，卻也無法使發明輪子與字母，並且「發現」原住民的人類比以前更喜歡活在世上。

再一次，我是傳承自單極憂鬱症患者的單極憂鬱症患者。這就是我為什麼寫得這麼好的原因了。

兩個半球比一個半球還好嗎？我知道以軼事做為證據，實在不值得科學多費唇舌反駁，但是我的外曾祖父曾經從一個半球換到另一個半球，然後以聯邦政府的軍人身分，在我們惡名昭彰又野蠻的內戰中傷了一條腿。他的名字叫彼得·李雅柏。彼得·李雅柏在印第安納波里斯買了一間釀酒廠，生意很興隆。他的酒贏得了一八八九年巴黎博覽會的金牌獎。而它的祕密原料即是咖啡。

但是後來彼得·李雅柏將釀酒廠傳給他的兒子亞伯特，也就是我的外祖父，然後回到他原來住的那個半球。因為他比較喜歡那個半球。而我聽說有一張照片經常放在教科書中，原本是用來表示正要上岸的移民，但其實他們是正要上船回到原來的地方。

這個半球可不是個舒適之地。我母親在這裏自殺，而我姊夫因搭乘火車從打開的吊橋中墜落身亡。

27

圖勞特告訴我，在時震將他拉回一九九一年後，他必須重寫的第一篇小說叫做〈狗的早餐〉（Dog's Breakfast）。這是關於一個名爲傅雷昂・蘇諾可的瘋狂科學家的故事，他在馬里蘭州的畢士大從事研究工作。蘇諾可博士相信，眞正聰明的人腦袋中都有一個小型的收音機，而他們的妙點子就是從某處接收而來的。

「這些聰明人『必須得到外來的幫助，』」圖勞特在世外桃源對我這麼說。在扮演瘋狂蘇諾可的同時，圖勞特本身似乎相信，在某處有個非常大型的電腦，藉由收音機，告訴畢達哥拉斯直角三角形的定律、告訴牛頓地心引力、告訴達爾文進化論、告訴巴斯德細菌的存在，告訴愛因斯坦相對論，以及等等的一切。

「那個電腦，不管在哪裏，不管是什麼東西，表面上是在幫助我們，實際上或許是想利用過多的想法，『殺了』我們這些蠢貨。」圖勞特說。

圖勞特說他不介意再寫一遍〈狗的早餐〉，或是那三百多個，自由意志重新闖入前，他重新寫過又丟棄的故事。「不論重寫與否，對我來說都是一樣，」他說：「以八十四歲的高齡，只要一發現我提筆就能自動寫出故事，還是會像十四歲時一樣的驚訝與開懷。

「你想知道我爲什麼告訴別人我的名字叫文生・梵谷嗎？」他問道。我最好解釋一下，眞正的文生・梵谷是個荷蘭人，在法國南部作畫，他的畫作現在可算是世界上最有價值的珍藏，但是在他有生之年只賣出了兩幅畫。「並不是因爲他跟我一樣，都不會對自己的外表感到自豪，同時也討厭女人，雖然那肯定是原因之一。」圖勞特說。

「梵谷和我最主要的共通之處，」圖勞特說：「在於他的繪畫的重要性令『他』訝異，雖然當時大家都認爲它們一文不值，而我所寫的故事的重要性也令『我』訝異，雖然現在大家都認爲它們一文不值。

「你能夠幸運到什麼程度？」

圖勞特只需要一位能夠欣賞他本人及他所做的事的讀者，那就是他自己。因此他能坦然接受時光倒流的事實。對他來說，時光倒流只不過是在他之外的世界上又多了一些蠢事，和戰爭、經濟蕭條、瘟疫、海嘯、電視明星，或是其他事一樣，不值得他的尊敬。

一等到自由意志再度闖入，圖勞特便成了該協會附近非常理性的英雄人物，我認爲，這是因爲圖勞特跟我們大多數人不一樣，對他來說，似曾相識的生活與原始經驗的生活並沒有多大的差異。

相較於時光倒流對我們大多數的人來說宛如地獄，說到時光倒流對他的影響有多小，他在《我以自動駕駛儀飛行的十年生涯》寫道：「我不需要時震來教我活著是一團狗屎。我早已從我的童年、耶穌受難於十字架上，和歷史課本上獲悉。」

請紀錄下來：NIH的傅雷昂·蘇諾可博士個人很有錢，他雇用了盜墓者替他取來已故的曼沙會員腦子，這是一所全國性的會館，專門爲智商很高的人所成立，其智商高低是由標準化的語言或非語言的測試，也就是讓受試者對抗「無產階級」的這些測試所決定的。

他雇用的盜屍者也爲他帶來死法很蠢的人腦，以便做爲比較，例如闖紅燈過繁忙的馬路、野餐時用汽油點燃炭火等等諸如此類的例子。爲了不引起他人懷疑，他們將新鮮的腦子裝在附近肯德基炸雞店所偷來的桶子中，一次運送一個腦子。不用說，蘇諾可的長官根本不知道他日以繼夜工作，到底在做什麼。

他們「當然」注意到，他顯然很喜歡吃炸雞，老是訂桶裝炸雞，而且從不請任何人吃。

他們還感到很奇怪，既然他食量這麼大，為什麼還這麼瘦。在正常的上班時間，他做人家付他薪水要他做的事，研發奪走所有性樂趣的避孕丸，好讓青少年不會性交。

到了晚上，四下無人之際，他會切開高智商者的腦子，尋找小型收音機。他認為曼沙會員並非靠手術將它們植入腦中。他認為這種小型收音機是「與生俱來」的，所以這些收音機都是由肉製成的。蘇諾可在他的祕密日誌中寫道：「一個沒有外力協助的人類大腦，只不過是一頓狗的早餐——三磅半重、浸滿血液的海綿，所以不可能寫得出〈星塵〉（Stardust），更別說是貝多芬的第九號交響曲了。」

有一晚他在一名曼沙會員的內耳中，發現一塊無法解釋的鼻涕顏色的小肉塊，不比一粒芥末子大，他是一名國中生，曾經贏得拼字比賽，「好極了！」

他重新檢視一個白癡的內耳，她是因為穿著冰刀鞋抓住一輛速度飛快的汽車的門把而死於非命。她的兩隻內耳都沒有鼻涕顏色的肉塊。「好極了！」

蘇諾可檢視五十多顆腦袋，一半來自笨得讓你無法相信的人，一半來自聰明得讓你無法相信的人。可以這麼說吧，只有火箭科學家的內耳有肉塊。這肉塊「肯定就是」這羣聰明人智商測驗如此高的「原因」。一塊多出來的小組織，而且不過是一塊組織，不可能比一粒青春痘的作用還要大。所以它一定是個收音機！而且那樣的收音機一定在提供正確的答案給曼沙會員，和優秀學生榮譽學會會員，以及問答比賽的參賽者，不論問題多麼深奧。

這是足以得到諾貝爾獎的大發現！所以即使傅雷昂・蘇諾可尚未發表出來，他還是出去買了一套燕尾服，以便參加斯德哥爾摩的頒獎典禮。

28

圖勞特說：「後來傅雷昂・蘇諾可突然暴斃於NIH的停車場。當時他身上穿著新買的燕尾服，卻再也沒有機會參加斯德哥爾摩的頒獎典禮。

「他了解到，他的發現證實了他的成就並不值得表揚。他作法自斃！任何像他一樣，會做出這麼不可思議的事的人，不可能單靠一個由狗的早餐構成的人腦，就能夠完成這樣的事。他唯有靠外界的幫助才能完成這件事。」

當自由意志停滯十年再度闖入時，圖勞特將這段由似曾相識轉到無限機會的過度時期，連接得幾乎是天衣無縫。光陰倒流將他帶回時空連續中，當他重新開始寫一篇頭在叮噹的位置，而叮噹又在頭的位置的英國士兵的故事那一刻。

在沒有預警的情況下，時光倒流悄悄地停止了。

對於正在駕駛自動推進的交通工具的人、或是搭乘自動推進交通工具的乘客，或是站在車道上的人來說，這是悲慘的一刻。十年來，機器就像人一樣，按部就班照著第一次所發生的事件進行，當然也都會發生死亡事件。如同圖勞特在《我以自動駕駛儀飛行的十年生涯》中所寫道：「不論時光倒流與否，現代的交通工具都是一場靠運氣取勝的遊戲。」雖然第二次的時候，並非人類，而是打嗝的宇宙要爲所有的災難負責。或許人們看起來好像在駕馭某些東西，但是他們並沒有眞的在駕馭。他們無法駕馭。

我再次引用圖勞特的話：「馬兒知道回家的路。」但時光倒流結束後，馬兒，當然也可能是任何交通工具，從機車到巨無霸噴射機都有可能，都不再知道回家的路。人們須告訴它下一步該怎麼做，否則它有可能在完全與道德無關的情況下，成爲牛頓運動定律的玩物。

床位緊鄰美國藝術與文學協會的圖勞特正在操縱的，只不過是一支原子筆這般危險或倔強的東西。自由意志闖入時，他不過是繼續寫作。然後他完成了那篇故事，一篇祈求被述說之故事的一雙翅膀，帶他度過了對大多數人來說都是無盡深淵的時期。

唯有他完成所專注的事情——那篇故事，圖勞特才能任意注意外面的世界，或者是說宇宙，現在正在做什麼。身爲一個沒有文化或社會的人，他幾乎可以將奧坎氏簡化論，或者你可以說是簡化原則，任意運用於任何的情況中，亦即：對於一個現象最簡單的解釋，十之八九都比一些天馬行空的解釋來得眞實。

圖勞特原本還在想，他怎麼有能力完成一個寫作過程長久以來一直受到阻礙的故事，這些疑惑後來被生命的眞諦，以及宇宙能力所及與不及的事等等這些傳統的典型解開了。因此老科幻小說家能直接陳述這個簡單的事實：過去十年來，大家已經經歷了他所經歷過的一切、他並沒有瘋掉、死亡，或下地獄，還有宇宙縮小了一點，但是後來又開始擴張，使每個人以及每件事都成了他們自己過去的機器人，也因而顯示出，過去是無法塑造的、也是無法摧毀的，亦即：

移動的手指寫著；然後，已經寫了
繼續進行：無論虔誠或智慧都無法
引誘它取消半行
你們所有人的眼淚也無法沖走它一個字。

然後，在二〇〇一年二月十三日的下午，在紐約市、遠在天邊的西一五五街，還有「世界各地」，自由意志刹那之間再度闖入。

29

我也在一連串持續的動作中，經歷了似曾相識與機會無限的光陰。一個旁觀者可能會說自由意志一闖入，我便執行了自由意志。但事情是這樣的：時震發生前，我把一杯熱騰騰的雞絲湯麵灑到膝蓋上，然後從椅子上跳起來，赤手撥掉褲子上滾燙的湯汁與麵條。這就是我在時光倒流的最後一刻，必須再做一次的事情。

自由意志闖入後，我依舊在清理湯汁，以免它繼續滲透到我的內褲。圖勞特說得很對，他說我的行爲純屬「反射動作」，創意不足，無法被視爲自由意志的行爲。

「如果你曾經想過，」他說：「那麼既然褲子已經沾滿了湯，你一定會拉開你的褲子拉鍊，把褲子脫到腳踝下。因爲不管你再怎麼努力擦拭褲子的表面，還是無法阻止湯汁繼續滲透到你的內褲上。」

❖

圖勞特肯定是全世界——不只是在遠在天邊的西一五五街——第一個發現自由意志闖入的人之一。這對他來說是非常有趣的事，不過對大多數人來說肯定不是。大多數的人，在過去這十年重複經歷他們的錯誤、厄運和虛假的勝利，這樣無情的打擊後，我引用圖勞特的話，他們已經「不再發生了什麼事，或是接下來會發生什麼事。」這樣的現象最後產生了一個名詞：「後時震冷漠」（Post-Timequake Apathy），或簡稱「PTA」。

圖勞特現在所做的實驗正是許多人在時光倒流初期所嘗試做的事。他故意大聲說出一些毫無意義的話，例如「叭叭叭叭啊叭叭，敵乾德乾，爾死罰死，哇哇」諸如此類的話。早在第二次的一九九一年時，我們所有的人都試過那樣說話，希望能證明，只要我們夠努力，我們依舊能任意的說話或做事。我們當然辦不到。但是時光倒流「結束之後」，當圖勞特試著說出：「藍色水貂雙光眼鏡」或是其他話時，他當然辦得到。

沒問題！

自由意志闖入時，在歐洲、非洲和亞洲的人正置身於黑暗中。當時他們大多數的人都待在床上或坐在什麼地方。在他們的那一半球，大多數的人不會像我們這半球的人一樣跌倒，因爲當時我們這半球的人大部分都是清醒的。

不論哪一個半球，正在走路的人通常都會失去平衡，往所走的方向傾斜過去，而且兩腳所分配的重量不平均。自由意志闖入時，他們當然會跌倒，而且不會爬起來，即便是處於交通繁忙的街道上，這都是後時震冷漠症所引起的。

你可以想像，自由意志闖入後，樓梯和電動扶梯口上面——特別是在西半球，會是怎樣的景象。

這對你來說是一個「全新的世界」！

我姊姊愛麗在她短短的四十一年生命中——願上帝使她的靈魂安息，認爲跌倒是人們所能做的最有趣的事之一。我指的不是因爲中風、心臟病、或腿筋斷掉之類的原因而倒下的人。我說得是十歲以上的人，包括任何種族與性別，其身體狀況相當良好，卻在某個平常的日子裏，突然地跌倒。

當愛麗確定即將辭世，剩下的日子不多時，我依然能藉由聊聊某人跌倒了，將歡樂帶給她，給予她「頓悟」——倘若你要這麼說的話。我的故事並不是從電影中學來的，也不是道聽途說。它必須是我自己親眼目睹、以粗野方式提醒我們地心引力存在的故事。

我的故事只有一個和專業的演藝人員有關。當時我有幸從印第安納波里斯的阿波羅戲院舞臺上看到雜耍表演的臨終之苦。一個非常棒的人，我心目中的聖人，按照他表演的例行過程，在表演進行到一半時，跌入樂隊席，然後戴著大鼓重新爬回舞台。

我所有其他的故事都跟「業餘者」有關，愛麗一直到死前都還聽得樂此不疲。

30

當愛麗大概十五歲，而我十歲的時候，有一次她聽到有人從我們家地下室樓梯摔下來：乒ㄆㄧㄥ咚ㄉㄨㄥ，乒咚，乒咚。她還以爲是我，所以她站在樓梯口捧腹大笑。當時應該是一九三二年，經濟大蕭條已經三年了。

但摔下樓梯的人不是我，而是瓦斯公司派來查瓦斯表的人員。他踏著沉重的腳步聲離開塞滿雜物的地下室，而且簡直是氣壞了。

還有一次，愛麗十六歲或是更大一點的時候，她開車載我，我們在路上看到前方有一個女人橫的下了電車，她一頭栽下，與人行道成平行。我想她的鞋跟被卡住了。

如同我在其他作品中所寫的，或在訪談中所說的一樣，愛麗和我爲了那個女人笑了不少年。她並沒有受什麼傷。她重新站起來，看起來一點也沒事。

有一件只有我看過，但愛麗總是很愛聽的故事，那是關於有個男人提議教一位漂亮但不是他老婆的女人跳探戈的故事。當時雞尾酒會已經快結束了。

我想那個男人的老婆應該不在場。如果他的老婆在場，我想他不會提出這樣的要求。他並不是一位專業的舞蹈老師。當時酒會上大概有十個人，包括男女主人在內。當時還是留聲機的時代。男女主人犯了策略上的錯誤，將人造纖維所製的探戈唱片放在他們的留聲機上。

所以這個傢伙，眼睛閃爍，鼻孔朝上，將這位美麗的女士挽在懷中，然後他跌倒了。

是的，所有在《第一次時震》中，以及現在這本書中跌倒的人，就像噴在協會前面鐵門上「去他的藝術！」一樣。他們都是在對我的姊姊愛麗表示敬意。他們都是愛麗式的色情：因爲地心引力，而非性，喪失高貴姿勢的人。

這裏有一首大蕭條時期的歌詞：

爸爸昨晚很晚回家。
媽媽說：「爸爸，你的臉色很難看。」
當他想把燈打開時，
他跌倒了，從此興旺！

看到身強體健的人跌倒而情不自禁的笑出來絕對是人類共通的特性，然而這樣的事實卻是在英國倫敦皇家芭蕾舞團表演《天鵝湖》時，才以令人不悅的方式引起了我的注意。我和當時十六歲的女兒南妮坐在觀衆席中。她現在，一九九六年的夏天，都已經四十一歲了。那距離現在一定有二十五年了！

當時一名芭蕾舞者踮起她的腳尖跳舞，滴嘟里、滴嘟里、滴嘟里地走到舞台側面。但是後來後台傳來一陣聲音，聽起來就好像她把腳放進水桶中，然後採著水桶下鐵樓梯。

我立刻捧腹大笑。

當時這麼做的只有我一人。

類似的事件發生在我小時候，在印第安納波里斯管弦樂團的表演中。但這件事與我無關，而且也不是有人笑出來。當時這首樂曲演奏得愈來愈大聲，而且會突然停下來。

有個女人跟我坐在同一排，距離我大約有十個位子遠。她在曲子演奏到漸強音時跟一位朋友說話，所以她講話也愈來愈大聲。然後音樂停了。只聽到她尖聲大叫：「我的是用奶油煎的！」

31

在變成皇家芭蕾舞團的無賴之後的那一天，我和女兒南妮來到西敏寺。親眼目睹牛頓爵士的墓碑，這讓她大爲震驚。倘若同樣在她那個年紀，在同一個地方，我那位畫不出酸蘋果的天生科學家哥哥柏尼鐵定會比她更大驚小怪。

任何一個知識分子在沉思這位表面上看來像普通人所說的眞理時，一樣都會分泌相當大量的分泌物，其份量就跟他的狗的早餐——他的三磅半重、浸滿血液的海綿——所傳達的訊息一樣不容忽視。這個人發明了微積分！他發明了反射望遠鏡！他發現並且解釋爲何三稜鏡能將一束光線分色！他發現並記錄了之前不爲人知，用來控制運動、重力和光學的定律！

饒了我們吧！

「呼叫傅雷昂・蘇諾可博士！磨光你的切片機。你到底有沒有『大腦』！」

❖

我女兒南妮有個兒子，叫馬克斯，今年一九九六年他是十二歲，時光倒流進行到一半。等圖勞特過逝那年，他就十七歲了。今年四月馬克斯以牛頓爵士這位外表平凡的偉人爲主題，爲學校寫了一篇很精彩的報告。我從這篇報告中學到一件我以前從來不知道的事：牛頓爵士名義上的長官建議他在致力追尋科學眞理之際，也應抽空溫習一下神學。

我寧願相信他們之所以這麼建議，不是因爲太蠢的緣故，而是想藉此提醒他，宗教能夠給予老百姓莫大的安慰與鼓舞。

我引用圖勞特的故事〈帝國之州〉（Empire State）的話，那是關於一個大小、形狀都像曼哈頓摩天樓的隕石，尖端朝前，以每小時五十四哩的穩定速度接近地球的故事：「科學從來無法鼓舞人心；因爲眞實的人類處境實在太糟糕了。」

全世界的處境將永遠不會比時光倒流時還要糟，這樣的眞理發生在時光倒流結束後的幾小時。喔，當然，自由意志闖入時，有數百萬的行人會因爲他們身上的重量不平均地分配在腳上而躺在地上。但是除了接近電動扶梯或樓梯上面的人以外，大部分的人都還好。大多數的人受傷的程度大概跟我和愛麗一同目睹的那位一頭栽下電車的女人差不多。

眞正的混亂，如同我以前所說的，是由自動推進的交通工具所造成的，這種事當然不會發生在前美國印第安人博物館中。即使外頭車禍及傷者的哀嚎達到漸強音的最高潮，館內依舊平靜安詳。

「我的是用奶油煎的！」一點也不錯。

那些流浪漢，或是圖勞特所謂的「聖牛」，在時震發生時，都坐著、靠著、或躺著。時光倒流結束時亦是如此。自由意志怎麼傷害得了他們？

圖勞特事後一定會這樣批評他們：「即使是在時震發生之前，他們已經呈現出和後時震冷漠症的人一樣的症狀。」

當一輛發狂雲梯消防車的前保險桿的右邊「啪！」一聲撞上協會的正門，然後繼續往前衝時，只有圖勞特跳了起來。這輛車之後所發生的事和人的因素無關，也不可能和人的因素有關。由於和協會擦撞的緣故，使得消防車的車速大爲銳減，車上差勁的消防隊員因此以當時所達到的速度飛了出去，在撞擊地面前，從百老匯衝下來。圖勞特根據該消防員所飛過的距離猜測，他當時大約時速五十哩。

於是速度減慢，成員減少的消防車向左做了個急轉彎，駛進協會對街的公墓。它駛上陡坡，衝到最高處後停了下來，然後開始慢慢往後倒退。因爲協會擦撞，使得車子的排檔桿被撞爲「空檔！」

衝力將它推向斜坡。然後強而有力的馬達隆隆響起，原來它的節汽閥卡住了。但是它唯一能與地心引力相抗衡的就是它的慣性。而它的傳動軸和後輪早就不相連了。

聽聽看這個：「地心引力把這咆哮中的紅色怪物拖向西一五五街上，然後車屁股朝向哈德遜河。」

消防車和協會的碰撞非常嚴重，即使是側邊撞上，還是使得枝形吊燈掉到大廳的地板上。

武裝警衛達德里王子距離那華麗的燈飾僅有些微之距。自由意志闖入之際，如果不是他站得挺直，體重正好平均分配在雙腳上的話，他很有可能就這麼跌向前方，往前門倒過去，那麼他一定會「死在」吊燈手上！

你想談談運氣嗎？時震開始時，莫妮卡・培波半身麻痺的老公正在按門鈴。達德里王子正要走向前面的鐵門。然而，他還來不及往那個方向踏出一步，他身後畫廊的防火鈴就響了起來。他停了下來。他該往哪邊走呢？

所以自由意志闖入時，他進退維谷。他身後的防火鈴救了他一命！

所以當圖勞特獲悉這個從吊燈的死亡威脅中逃過一劫的奇蹟後，他不用歌唱，反以朗誦的方式引用凱薩琳・李貝茲的詩句：

哦！寬廣的天空，
一波波黃褐色的小麥，
結實的平原上
高貴莊嚴的山岳是多麼美麗啊！
美國啊！美國！
上帝將其榮耀賜與汝
使汝從海的這一頭到那一頭
皆滿載手足之誼。

當自由意志嚴苛的規律重新恢復幾分鐘後，圖勞特跑進不再上鎖的前門，由於後時震冷漢症的緣故，這個身穿制服的前科犯還是一尊「報銷」的雕像。圖勞特大叫：「醒醒吧！看在老天的份上，醒醒吧！自由意志！自由意志！」

前面的鐵門不僅平躺在地上，門上還有著神祕難解的訊息「UCK AR」，所以圖勞特必須大步跨過它走向王子。門仍然是繫上鉸鏈，上鎖的狀態。門框本身已經被撞壞了，它已經和旁邊的水泥牆分開。但是門、鉸鏈、門閂，和「胡及特」實際上跟新的一樣好，然而面對那輛狂飆而來的消防車，他們的門框竟是如此的不堪一擊。

安裝大門和門框的承包商在將門框固定於水泥牆上時偷工減料。他根本就是一個騙子！如同圖勞特事後對他，或許也是對所有偷工減料的承包商的感言：「想不到他晚上還睡得著！」

32

一九九六年時光倒流進行到一半的那一年，我在演講中說到，我於二次大戰後成為芝加哥大學人類學系的學生。我開玩笑地說自己根本不該選讀那個科目，因為我受不了原始人。因為他們太「笨」了！我對於把人視為動物研究失去興趣的眞正原因是，我太太珍・瑪麗・寇克斯・馮內果——她死的時候叫珍・瑪麗・寇克斯・雅馬林斯基——懷了我們的孩子馬克。我們需要用錢。

珍是史瓦茲莫優秀學生榮譽學會的會員，本身也獲得大學俄文系的全額獎學金。懷了馬克之後，她就放棄了獎學金。我記得我們在圖書館裏找到了俄文系系主任，然後我太太跟這位逃出史達林主義統治的憂鬱難民說，她因為懷孕所以必須休學。

即使沒有電腦，我也會永遠記得主任對珍所說的話：「親愛的馮內果太太，懷孕是生命的『開始』，不是結束。」

❖

我所要說的重點是，我所修的一門課，這門課要求學生事先閱讀，準備討論英國歷史學湯恩比（Arnold Toynbee）所著之《歷史學研究》（*A Study of History*），他現在已經上天堂了。書中的內容是關於挑戰與反應，主張各種文明之所以流傳或流失，關鍵在於他們所面對的挑戰是否超出他們的極限。他並且舉例說明。

同樣的道理也可印證在喜歡表現英勇行爲的個人身上，最明顯的例子是吉爾戈圖勞特在二〇〇一年二月十三日下午和晚上，自由意志闖入後的表現。如果他當時位於時代廣場附近，或靠近主要橋梁或隧道的出入口，或是位於機場，那裏的駕駛員以爲他們的飛機會自動地安全起飛或降落，如同他們在時光倒流時期的認知，那麼這樣的挑戰不僅對圖勞特來說超出極限，對其他人也是一樣。

圖勞特因爲隔壁的衝撞事件而從收容所走出來，他所看到的景象的確是慘不忍睹，但是演員的陣容卻不夠壯大。當時屍體和垂死的人散布廣闊，而不是成堆擠在燃燒或扭曲的飛機或巴士中。他們依舊是各個個體。不論是生是死，他們依然保有其個性，從他們的臉上與衣著依然可以讀出他們的故事。

西一五五街這條路靠近住宅區，盡頭不知駛向何處，在任何時候幾乎都看不到任何車輛。所以當圖勞特眼看著重心引力將消防車屁股朝後的拖向哈德遜河時，這輛隆隆作響的消防車便成了獨唱者。儘管交通繁忙的大道喧嘩聲不斷，仍不影響他天馬行空，鉅細靡遺的想像這輛倒楣的消防車的下場，他並且鎮靜的下了一個結論，這也是日後他會在世外桃源中告訴我的，他說以下三種肇事原因，至少有一種是對的：「排檔桿大概是在倒車或空檔的位置，或者是傳動軸斷了，再不然就是離合器失去作用。」

他並沒有驚惶失措。替砲兵擔任先鋒偵查兵的經驗使他學到，驚慌只會讓情況更糟。他在世外桃源中會這麼說：「眞實的生活，好比大歌劇一樣，詠嘆調只會讓已經無望的情況雪上加霜。」

的確，他並沒有亂了方寸。然而，他還應該了解到，只有他一個人在走動，而且保持完全清醒。他已經了解到宇宙本身做了什麼事，它先收縮，然後再擴張。那還算是「簡單」的部分。除了眞實情況之外，眞正發生的事情很有可能是他多年前，寫好又撕成碎片，然後沖進巴士終點站馬桶或其他地方的故事前言，以筆墨呈現的結果。

和達德里王子不同的是，圖勞特連高中同等學歷都沒有，但是他至少有一點和我的哥哥柏尼極爲相像，他擁有麻省理工學院物理化學博士學位。他們一邁入青少年時期後，「兩個人」在比賽時，腦中總會先浮現這個問題：「如果我們周遭的情況是這樣的話，那該怎麼做，那該怎麼做？」

圖勞特從時震的前提與時光倒流中推測不到的是，相對於西一五五街盡頭的寧靜，方圓數哩的人不是死亡或是身受重傷，再不然就是因爲後時震冷漠症的效應而靜止不動。他把寶貴的時間浪費在等待年輕健康的救護人員、警察和更多的消防隊員，還有來自紅十字會和聯邦危急處理機構的災難專家來解決問題。

看在老天的份上，請記住：他大概有八十四歲了吧！雖然他每天刮鬍子，還是常被誤認爲流浪老婦，而不是流浪老人，即使他沒有戴上女用頭巾也是如此，而且他實在很難讓人尊敬他。至於他的涼鞋嘛：至少它們很耐穿。它們的材質和阿波羅十一號太空船的煞車閘片是一樣的，阿波羅十一號在一九六九年將阿姆斯壯送上月球，使他成爲第一位在月球上漫步的人。

涼鞋是政府在越戰中剩下來的，這是我們唯一打輸的一場戰役，也是使圖勞特的獨子里昂成爲逃兵的戰役。這場戰役中，負責巡邏的美軍都會在他們的輕型叢林靴內穿上涼鞋。他們這麼做是因爲敵軍經常在往來叢林的路上，布滿浸入糞便，尖端朝上的釘子，以便散布嚴重的傳染病。

圖勞特雖然極爲厭惡以他這個年紀，出於自由意志玩俄羅斯輪盤，特別是以別人的生命爲賭注，但是他終於了解，不論是好是壞，他最好準備上場了。不然他還能怎麼樣呢？

33

我父親經常錯誤地引用莎士比亞的話，但是我從未見他讀過一本書。是的，我個人認爲從古至今最偉大的英國作家是藍斯洛・安德魯斯（Lancelot Andrewes），而非莎士比亞。詩在當時早已廣爲流傳。請欣賞下文：

主是我的牧羊人；我必不匱乏。
祂讓我躺在綠草地，
祂引導我心靈平靜。
祂修復我的靈魂，
以主之名，祂領導我向正義之路
是的，縱然走在死亡的陰影下，
我依然無懼魔鬼；

因爲主與我同在；
祂的子孫與權杖慰藉著我。
在我的敵人面前爲我準備聖桌，
在我頭上塗油，覆滿聖杯。
肯定的是聖德和憐憫會在我有生之年與我相隨，
我將永駐神殿之中。

藍斯洛・安德魯斯是欽定聖經英譯本的首席翻譯和意譯人員。

圖勞特是否寫過詩呢？就我所知，他只寫過一首。那是他在生命中的倒數第二天時所寫的。他很清楚死神將至，而且即將到來。如果你知道世外桃源的宅邸與車庫之間有一棵紫樹的話，對於閱讀下面這首詩將有所幫助。

圖勞特寫道：

當紫樹

轉爲撲阿羅時，
我將回到亞阿羅。

34

我的第一任妻子珍和我姊姊愛麗都有一個經常抓狂的母親。珍和愛麗都是都鐸學院的畢業生，也都是伍茲塔克高爾夫鄉村俱樂部中最美麗、最快樂的兩個女孩。順帶一提，所有的男性作家，不論是多麼的落魄或引人非議，他們的老婆恰巧都很漂亮。眞該有人好好調查這樣的巧合。

幸好珍和愛麗都錯過了時震。我想珍會在時光倒流中發現一些優點，不過愛麗就不會了。珍熱愛生命又樂觀，臨死前還勇敢地對抗癌症。愛麗臨終的遺言表達了解脫之意，僅此而已。就如我在別處所寫的，她最後說道：「不用受罪了，不用受罪了。」我和大哥柏尼都沒能親口聽她這麼說，是一位操著外國口音的男性住院醫師透過電話轉述給我們聽的。

雖然我問過，但是我不知道珍臨終前可能說了些什麼。她當時已經是亞當・雅馬林斯基的太太，不是我的妻子。珍無疑是什麼話也沒留下就悄悄離開了，她自己也沒料到會一覺不起。她的葬禮在華盛頓特區的一所聖公會舉行，亞當告訴在場的親朋好友，珍最喜歡的感嘆詞就是：「我等不及了！」

珍滿心期待的總是一些和我們的六個孩子有關的事情，現在他們都已經長大成人，也有自己的小孩：他們一位是精神科護士，一位是喜劇作家，一位是小兒科醫生，一位是油漆工，一位是飛行員，還有一位是印刷師傅。

在聖公會的葬禮中，我沒有發表任何感言，也不打算發言。我想說的話，只想在她耳邊親口對她說，而她已經走了。我們這兩個來自印第安納波里斯的老友最後一次的對話是在她過逝前的兩個禮拜。對話是在電話中進行的。當時她人在華盛頓特區，也就是她和雅馬林斯基居住的地方。而我在曼哈頓，已經娶了現在依然是我妻子的攝影師兼作家吉兒・克倫梅茲爲妻。

我不記得當時是誰先打的電話，是誰投下的硬幣。反正不是她就是我。不管是誰打的，那通電話竟然成爲我們告別的通話。

在她死後，我們的醫生兒子馬克一定會說，他絕不會爲了延長母親的生命，讓她得以繼續眼神充滿期待的說：「我等不及了！」而採取她默許的種種醫療措施。

我們最後一次的談話很深入，珍問我，什麼事能決定她死期的確切時刻，她問的口氣好像我知道答案一樣。也許她覺得自己是我書中的一個角色。就某方面來說她的確是。我們二十二年的婚姻生涯中，一直都是我來決定下一站要去哪裏，去芝加哥，去斯克內克塔迪，還是去鱈角。決定我們下一步要做什麼是我的責任，她什麼也不必操心，要扶養六個小孩對她來說已經夠辛苦了。

我在電話中告訴她，將會有一位十歲的陌生小男孩，皮膚曬得很黑、略顯邋遢、有些無聊但並沒有不開心，站在史卡德巷底船下水的碎石坡道上。他會在鱈角邦史戴伯村的港口，隨意地瀏覽鳥、船等等。

我們寬敞老舊的房子就在史卡德巷的前面，在6A路上，距離船下水的碎石坡道約有十分之一哩遠，我們的兒子、和二個女兒，以及我姊姊的三個兒子都在此長大成人，現在是女兒伊蒂絲和她的建築師丈夫約翰・史科伯，以及他們的幼子威爾和巴克都住在那裏。

我告訴珍，這個無所事事的小男孩會撿起一顆石頭，就像男孩們經常做的事一樣。他會將石子向港口拋過去。石頭掉入水中那一剎那，就是她死去的時候。

珍對於任何讓生活充滿神奇的事物，都會全心全意相信。這就是她的優點。她是教友派信徒帶大的。但是在史瓦茲莫快樂的生活四年後，她就不再參加教友會的集會了。

珍和一直是猶太人的亞當結婚後，她便成爲聖公會教徒。她至死都相信三位一體、天堂、和地獄等等其他的一切。我樂見於此，爲什麼呢？因爲我愛她。

35

寫故事的作家現在已經不再受到重視，但是他們大致尚可分爲「概略寫作者」和「逐句寫作者」這兩類。概略寫作者寫故事的速度很快，經常寫得亂七八糟，或是雜亂扭曲之類的。然後他們會再辛辛苦苦瀏覽一遍，將任何平凡普通或是不通順的文句加以修飾一番。逐句寫作者一次寫一個句子，直到滿意才會下筆寫第二句，寫到最後，故事便完成了。

我是屬於逐句寫作者這一類型的人，大部分的男人都是逐句寫作者，大多數的女人則是概略寫作者。我再聲明一次，眞該有人好好調查此事。也許兩性作家「天生」不是偏向概略寫作者，就是偏向逐句寫作者。我最近去參觀洛克斐勒大學，他們的研究發現愈來愈多的基因會「影響我們」的行爲，就如同時震後，隨之而來的時光倒流對我們的影響。即便是在我參觀這所大學之前，我便認爲珍和我的孩子以及愛麗和吉姆的孩子雖然長大時不盡相似，但是他們每個人都已經成爲他們大致上「應該成爲」的那種大人。

六個孩子的發展都還不錯。

而且我再次聲明，六個孩子都有無數的機會造就後來的發展。如果你能相信報紙所寫的，或是電視上聽到或看到的，或是網際網路上的資訊，大多數的人是不怎麼相信的。

對我來說，屬於概略寫作者的這種作家，對於人們有趣或悲慘之類的事感到很有興趣，認爲「值得報導」，卻不先思考人爲什麼活著，或是如何生活的問題。

逐句寫作者表面上看起來盡可能有效率地一次寫一個句子，實際上他們正在破門而入、拆除藩籬，披荊斬棘通過層層鐵絲網，置身於熊熊大火、糜爛毒氣中，致力尋找這些永恆問題的答案：「我們到底應該做什麼？到底發生了什麼事？」

如果逐句寫作者不同意逐句寫作者伏爾泰的「Il faut cultiver notre jardin」（譯註：「勤加耕耘你的園子」之意），這樣便遺棄了人權觀點，而我已經準備好要討論這個主題。我先說幾個眞實故事，這是圖勞特和我在歐州的戰爭快結束時所發生的事。

事情是這樣的：一九四五年五月七日德國已投降數天，也已經直接或間接地爲大約四千萬人的死亡負責後，在捷克邊境附近的德勒斯登南部，還有一處屬於無政府狀態，尙未被蘇聯軍隊占領鎭壓下來。我當時身在其中，並在我的小說《藍鬍子》中有所著墨。上千名像我這樣的戰俘、和手臂刺青的集中營倖存者、瘋子、重罪犯和吉普賽人等等之類的人都在那裏獲得釋放。

請注意：當時仍有德軍在那裏，雖然武裝卻很謙恭，他們正在尋找蘇聯以外的人士投降。我的戰友伯納奧哈拉和我曾經跟其中一些人談過話。奧哈拉在後來的生涯中成爲檢方與辯方的律師，不過他現在已經上天堂了。當時我們都聽過德軍表示，美國現在必須做他們曾經做過的事，也就是對抗沒天良的共產黨員。

我們答稱，我們不這麼認爲。我們希望蘇聯能多學學美國，讓人民有言論與宗教的自由、公平的審判以及誠實選出的政府官員等等。相對的，我們也會盡力配合他們的主張，更爲公平的分配食物、服務和機會：「人盡其才，物盡其用。」諸如此類的事。

奧坎氏簡化論。

奧哈拉和我當時其實也不過是個孩子，後來，我們在春季來到一個無人看守的鄉間農場。我們想找吃的東西，任何可以裏腹的東西都行。但是我們在乾草堆裏發現一位垂死的納粹黨衛隊隊長，簡稱ＳＳ（譯註：ＳＳ爲黨衛隊之縮寫，由納粹軍警之精英所組成），他們向來惡名昭彰、以冷酷無情聞名。他很有可能才在最近的一次行動中負責折磨、殲滅一些附近集中營內的俘虜。

就像所有黨衛隊的成員，也像所有集中營內的俘虜一樣，這名隊長的手臂上大概也刺有序號。你想談談戰後的「諷刺」嗎？比比皆是。

他要求我和奧哈拉走開。他就快死了，而他說他也很期待死亡的到來。由於我們對他也沒什麼特殊的感覺，正當我們準備離開之際，他清了清喉嚨，表示還有話要對我們說，這又是另一臨終感言的案例。如果他眞有話要說，除了我們還有誰聽得到呢？

他說：「我浪費了過去十年的生命。」

你想談談時震嗎？

36

我老婆以爲我自命不凡。她錯了，我不認爲自己不同凡響。

我的偶像蕭伯納（George Bernard Shaw）是個社會主義者，同時也是一位敏銳、風趣的劇作家。他曾在八十歲時表示，如果有人認爲他很聰明，他倒是非常同情那些被視爲愚蠢的人。他說，活到一把年紀，他終於有足夠的智慧擔任一位能幹的辦公室小弟。

那正是「我的」感受。

當倫敦市想頒發功績勳章給蕭伯納時，遭到他的婉拒，但是他表示他早就把該獎頒給自己了。

如果是我就會接受頒獎。我會把那個機會視爲世界級的笑話，但我不會爲了開玩笑，以犧牲別人，讓人覺得像是被貓拖在地上的東西做爲代價。

就讓此語做爲我的墓誌銘。

❖

一九九六年的夏末，我自問是否有什麼我以前曾經抱持的觀念現在已經被我摒棄。我想這個習慣是向父親唯一的弟弟——亞歷克斯叔叔學的。他畢業於哈佛，膝下無子，是一個印第安納波里斯的保險員。在我才十幾歲的時候，他就讓我讀社會主義作家的作品，例如蕭伯納、諾曼·托瑪斯（Norman Thomas）、尤金·德布茲（Eugene Debs），和約翰·多斯·帕索斯（John Dos Passos），還有組合模型飛機，以及到處鬼混。二次大戰後，亞歷克斯叔叔對於政治的態度變得和大天使加百利一樣的保守。

但我還是很喜歡奧哈拉和我在獲釋後，對德軍所說的那番話：美國將變得更為社會主義化，也會更加致力於讓每個人都有工作做，並確保子孫至少不會挨餓、受凍、不識字，或提心吊膽。

運氣不錯！

我仍在每場演講中引述尤金·德布茲的話，他是印第安那州特雷霍特人，曾經五次被提名為社會黨的總統候選人。

他說：「只要還有下層階級存在，我便身處其中，只要還有犯罪的要素存在，我便身處其中，只要還有一個靈魂尙在桎梏中，我便不得自由。」

最近幾年，我在引述德布茲的話之前，都要鄭重聲明自己是認眞的，否則許多聽衆都會笑出來。其實他們都很好，他們並非刻薄，只是了解我喜歡開玩笑。然而我們也可從中獲悉，曾經令人感動的〈登山寶訓〉如今也將被視爲過時、完全不足採信的廢話。

然而事實並非如此。

37

圖勞特大步走過倒在地面的鐵門與門框，上面還寫著「UCK AR」，他粗糙的叢林鞋踩著掉落的枝形吊燈所散落的水晶碎片，發出嘎扎嘎扎的響聲。如果有人想對不老實的包商提出告訴，法庭專家可以因爲水晶碎片掉落的位置——是在鐵門與門框上面而不是在下面，在訴訟時出庭證明是這名騙子的產品先落地。水晶枝形吊燈再受到地心引力影響之前——理應先晃動一會兒，如同地心引力對於「任何物體」所會產生的影響一樣。

當時畫廊中的防火鈴依然響個不停，「或許，」圖勞特事後會說：「它秉持自由意志繼續鈴鈴作響。」他當然是和往常一樣在開玩笑，嘲弄每個人或每件事不論時光倒流與否，都曾經有自由意志這件事。

當若頓・培波被消防車撞倒時，協會門鈴便悶不吭聲了。圖勞特又說話了：「門鈴以沉默說道：『這回不予置評。』」

如我所言，圖勞特進入協會之際，本身依然篤信自由意志的信念，也想喚醒猶太教與基督教的神性：「醒來吧！看在老天的份上，醒來吧，醒來吧！自由意志！自由意志！」

他在世外桃源會中說，雖然那天下午與傍晚他成了英雄，然而他進入協會，套用他的話，「在時空連續體中假裝是保羅・里維爾（Paul Revere）（譯註：美國民族英雄），這簡直就是「十足的懦夫行爲」」。

他想找尋一個避風港，避開半個街區外百老匯上不斷上升的嘈雜聲，也避開該城市其他地方發生嚴重爆炸所傳來的聲音。離南方一點五哩之處，格蘭特墳墓附近，有一輛龐大的衛生局貨車因爲沒有好好駕駛，撞進一棟分租公寓的門廊，然後衝進公寓管理員的房子。車子打翻了他的煤氣爐。主要設備的管線破裂，使這棟六層樓的建築物的樓梯井口與電梯通道，瀰漫著沼氣味，還參雜著些許臭鼬味。不過大部分的房客都享有社會福利。

接著，砰的一聲。

「一件伺機而動的意外。」圖勞特日後會在世外桃源這麼說。

老科幻小說家後來坦誠，他之所以要讓武裝、穿著制服的達德里王子恢復生氣，是因爲他不想再插手管事。於是他對王子大喊：「自由意志！自由意志！著火了！著火了！」

王子動也不動。他眨了眨眼，不過那並非出於自由意志，只不過是反射動作而已，就像我對雞絲湯麵的反應一樣。據王子所言，他暗自盤算，萬一他一動，可能又會回到一九九一年在雅典娜的紐約州立成人監獄。

十分可以理解！

所以圖勞特暫時撇下王子，坦承他還是關心「自己的利益」。當時防火鈴的鈴聲大作。倘若房子眞的著火，而火勢又失去控制，那麼圖勞特就得找一個能讓老人家蹲下來的地方，以便等待外面的情勢緩和下來。

他在畫廊的一個茶碟上發現有根點燃的雪茄。雪茄在紐約市雖然是不合法的，但是除了它自己，它不會，或許也永遠不能對任何人造成傷害，它的菸頭放在茶碟中央，所以燃燒過程不會造成任何問題。但就我們所知，防火鈴正在吶喊著文明的結束。

圖勞特會在《我以自動駕駛儀飛行的十年生涯》中，把他當天下午想對防火鈴所說的話綜合如下：「荒謬！控制一下，你眞是沒有大腦、神經衰弱。」

詭異的是，當時畫廊裏除了圖勞特之外，沒有任何人在場！

難不成美國藝術與文學協會「鬧鬼」？

38

一九九六年八月二十三日星期五，我收到一位年輕人傑夫密・哈拉克的來信，聽起來像是塞爾維亞或是克羅埃西亞人的名字，他在厄巴納的伊利諾大學主修物理學。傑夫說他高中時很喜歡上物理課，成績也很優秀，但是「自從上了大學，我的物理學成績便一落千丈。由於過去在學校的傑出表現，現在的成績對我來說是一大打擊。我一直以爲只要我肯下功夫，沒有什麼事辦不到。」

以下是我給他的回覆：「你可以閱讀索爾・貝婁的惡漢小說《奧基・馬奇歷險記》（The Adventures of Augie March）。就我印象所知，該故事最後的啓示是，我們要挑戰我們認爲自然、有趣的任務，我們生來注定要做的行業，而不該追尋空洞的挑戰。

「至於物理學的魅力：高中和大學課程中最有意思的兩個科目就是『力學』和『光學』。除了這些快活的原則外，把心放在像是吹奏法國號或玩西洋棋之類，需要天賦的遊戲上吧！」

我針對天賦這點在演講中說道：「如果你有機會到大都市，而大學即是一座大都市，你一定會碰見莫札特。待在家裏好了，還是待在家裏。」

換句話說：不管一個年輕人自認爲某方面有多行，在相同的領域中，他依然很快就會碰到技高一籌的人。

我的兒時舊友威廉・「史奇普」・菲利，四個月前過世上天堂了，他高二時的確有很好的理由自視爲乒乓球無敵手。我乒乓球打得不錯，但絕不會和史奇普對打。他發出的球旋轉得厲害，不論我如何努力想反擊，球不是打到自己的鼻子就是彈到窗邊，再不然就是掉到工廠，總之是不會彈到對方的乒乓桌上。

然而史奇普還是高一時，曾和我們的同學羅傑・唐斯對打過，事後史奇普表示：「羅傑把我砍出了一個新洞（譯註：大開眼界）。」

那件事過了三十五年後，我在科羅拉多大學演講。結果羅傑・唐斯竟然也是聽眾之一！當時羅傑已經是一個生意人，也是高齡網球巡迴賽中受人敬重的參賽者。我爲他曾經在許久以前給史奇普上了一堂乒乓球課而趨前致意。

羅傑很想知道史奇普對於那場比賽有何評語，我告訴他：「史奇普說你把他砍出了一個新洞。」

羅傑聽了非常高興，就如同他當初應有的反應一樣。

我雖沒問，但是我相信他對外科的隱喻一定不陌生。擁有一個進化論式的生活，或者如同圖勞特所言，一個只是「一團狗屎」的生活，羅傑跟史奇普一樣，肯定曾經爲了對其自尊進行結腸造口手術，而放棄了不只一場的網球巡迴賽。

今年八月，在時光倒流的半途之中，秋天即將來臨，然而此刻眞是多事之秋：我哥哥——天生的科學家柏尼對於暴風雨中的閃電認識之深無人可及，卻不幸得了致命的癌症，病情嚴重，就連腫瘤啓示錄的三劍客，外科手術、化學療法和放射線也束手無策。

柏尼還覺得並無大礙。

現在談或許還太早，但是萬一他走了，願上帝別讓此事發生，我認爲他的骨灰也不應該隨同詹姆斯・惠特康・賴利與約翰・狄林傑安葬在皇冠山公墓，因爲他們屬於印第安那州，而柏尼是屬於全世界的。

柏尼的骨灰應該灑向蒼穹高聳的雷雨雲之中。

39

剛才談的是來自印第安納波里斯，身在科羅拉多州的羅傑・唐斯，我則是來自印第安納波里斯，目前人在長島的南佛克。我的印第安納波里斯妻子珍・瑪麗・寇克斯的骨灰灑在麻省邦史戴伯村盛開的櫻桃樹下，我們並未做上記號。從泰得・阿德勒一手改建、完工後還曾自問：「我到底是怎麼『辦到』的？」的廂房中可以看到那顆櫻桃樹的枝葉。

我和珍在印第安納波里斯所舉辦的婚禮中的伴郎，印第安納波里斯人班傑明・喜茲目前鰥居住在加州的聖塔芭芭拉，今年春天，班和我在印第安納波里斯的表妹約會過數次。她是一名寡婦，住在馬里蘭州的海邊，而我姊姊死於紐澤西州，而我哥哥則在紐約州的奧爾班尼逐漸走向死亡的邊緣，雖然他還感受不到。

我的兒時伙伴大衛・克雷格，二次大戰期間曾經使得一輛德國坦克車內的電臺停止播放流行音樂，現在則是紐澤西州的一個營造商。我表妹艾美的父親在我從戰火中退下來時，稱讚我終於變成眞正的男人，艾美是我念雪齊吉高中時物理實驗課的搭檔，現在住在路易斯安那州戴夫城東方三十哩處。

散居各地的猶太人！

如同我去年六月在巴特勒大學的一場演講所言，爲什麼我們這麼多人都要離開先人建立的家園，離開我們的姓氏備受尊重之處，離開街道及語言我們如此熟悉之處，離開西方文明的善惡匯集之處？

是爲了冒險吧！

或許是我們爲了逃離強而有力的引力，這個力量並非是無所不在的地心引力，而是皇冠山公墓的力量。

皇冠山公墓逮到我姊姊。它並未逮到珍。它也不會逮到我哥哥柏尼。他也不會逮到我。

一九九〇年，我在南俄亥俄州的一所大學演講，他們安排我住在附近的一家汽車旅館。我在演講結束後，回到汽車旅館，一如往常在睡前喝杯威士忌，好讓我像個嬰兒般熟睡，這也是我喜歡的睡眠方式。當時酒吧裏聚滿了當地意氣相投的老人，他們看起來處得相當融洽，彼此說說笑笑，稱他們爲喜劇演員也不爲過。

我問酒保他們是誰。他告訴我他們是湛斯維爾高中一九四〇年畢業的第五十屆高中同學會，看起來的確很棒，也很正點。我是一九四〇年雪齊吉高中畢業的，卻錯過自己的同學會。那些人有可能是桑頓・懷爾德所著的《小城風光》中的角色化身，是很溫馨的一部作品。

他們和我的年紀都很大，都還記得上不上大學，就經濟上而言並沒有那麼重要的那段時期。你還是能有一番作爲。我當時告訴父親，或許我將來不想和哥哥柏尼一樣成爲一位化學家，如果我進報社工作，還可以爲他省下一大筆錢。

必須要了解的是：如果我和柏尼選修同樣的課程，我便可以上大學。這一點爸爸和柏尼都同意。其他科系的高等學歷被他們稱之爲「裝飾性」的用途。他們總愛拿擔任保險員的亞歷士叔叔開玩笑，因爲他的哈佛學位實在是太具「裝飾性」了。

父親說我最好和他的好朋友佛瑞德・貝茲・強森談談，他是一位律師，年輕時曾經是如今已經倒閉的民主黨日報《印第安納波里斯時報》（*The Indianapolis Times*）的記者。

我和強森先生很熟。在布朗市的時候，只要愛麗不過分哭鬧，逼得我們不得不放棄，父親和我便會和他一起去獵野兔和野鳥。他坐在辦公室的旋轉椅子上，瞇著眼睛問我準備從事新聞工作者的計畫。

我回答他：「我想也許能在《卡佛市報》（*The Culver cittzen*）找個工作，在那邊待個三、四年，那個地區我很熟。」卡佛位於北印第安那州的麥斯考克湖，我們在湖邊曾有棟避暑別墅。

他問：「然後呢？」

我說：「有了這樣的經驗，我也許能在里奇蒙或科科莫比較大的報社找份差事。」

他問：「然後呢？」

我回答他：「在那樣的報社做個五年，我想大概就能到印第安納波里斯試試看了。」

「抱歉，」他說：「我打個電話。」

我說：「沒關係。」

他打電話的時候，把椅子轉過去背對著我。他講電話的聲音很輕，但是我也不打算聽他說些什麼。我以為那和我沒有關係。

然後他掛上電話，又把椅子轉向我。「恭喜你，」他說：「你可以到《印第安納波里斯時報》工作了。」

40

我後來並沒有去《印第安納波里斯時報》做事，而到遙遠的紐約綺色佳就讀大學。從此之後，我就和《欲望街車》的白蘭琪一樣，總是依賴陌生人的仁慈。

世外桃源的海灘野餐會至今已經過了五年，如今我想像著我可能成爲的另一種人：和高中同學混在一起，像他的雙親一樣，對於自己的小鎭又愛又恨。

這樣的一個人已經不存在了！

他躺在五噚深的地方；
他的骨頭是珊瑚製成的
珍珠是他的雙眸
他一點也沒變老，
然而面目卻煥然一新

變得豐富而深不可測。

❖

我知道的笑話他一定都知道，例如佛瑞德・貝茲・強森告訴我們的那一個笑話。在我還是個孩子的時候，爸爸、我和他，以及其他人到布朗市打獵。根據佛瑞德的說法，有一羣像我們一樣的人到加拿大狩獵鹿和麋。但是必須有人負責烹調，否則大家都會餓死。

他們用稻草抽籤決定誰應該負責烹飪，誰應該負責從早到晚狩獵。爲了讓笑話更傳神，佛瑞德說父親抽到短的稻草。父親會煮飯，而母親不會。她爲了不會煮飯而感到自豪，也不做洗碗這類的工作。而我則喜歡跑到媽媽會做這些事情的小孩家。

獵人們一致同意，誰不滿父親的廚藝，就由誰來掌廚。所以父親的食物煮得愈來愈難吃，而其他人則在森林中玩得不亦樂乎。不論晚餐多難吃，其他人都讚不絕口，甚至還拍拍父親的背以資鼓勵。

有一天早上他們從容出發後，父親在外面發現一堆麋鹿屎，他用汽油烤那堆屎，在那天晚餐做成了一道熱騰騰的小餡餅。

第一個品嚐的人吐了出來，他實在是「忍不住」了！他脫口而出：「天哪！這味道就像是用汽油烤過的麋鹿屎！」

不過他又加了一句：「但是『好吃』，『眞好吃』。」

我想母親之所以被養育成這般沒用，是因爲外公亞伯特・李雅柏這位釀酒業者兼投機者相信，美國即將出現以歐洲模式爲基礎的貴族制度。這種階級制度在那裏的觀點，如同在這裏的觀點一樣，認爲妻子與女兒都是裝飾用的。

41

雖然我未能寫出以亞伯特李雅柏（Albert Lieber）為主題，以及他為何要為我母親在一九四四年母親節前夕自殺負上大部分的責任的小說，但是我並不認為這樣錯失了機會。在印第安納波里的德裔美人缺乏普遍性。他們從來不會在電影、書中，或戲劇中，以刻板的好人，甚至是惡人的形象出現。我得從頭描述他們的特性。

運氣不錯！

偉大的評論家亨利・路易斯・門肯（H. L. Mencken）本身也是一名德裔美人，但是終生都住在馬里蘭州的巴爾的摩，他坦承自己很難專心閱讀薇拉・凱瑟（Willa Cather）的小說。儘管他曾嘗試過，但是他對於內布拉斯加州的捷克移民的故事眞的沒有多大的興趣。

頗有同感。

我的外祖母，也就是亞伯特・李雅柏的第一任妻子愛麗——娘家姓巴魯斯，和我姊姊愛麗同名，我正式聲明，她是在生第三個孩子魯迪舅舅時難產而死。母親是家中老大。第二個是皮特舅舅，他被麻省理工學院退學，但是自己卻生了一個核子學家，也就是我的堂弟亞伯特，他人在加州德爾馬。亞伯特堂弟聲稱他已經失明。

並非輻射導致亞伯特堂弟失明，而是其他可能發生在任何人身上的原因，不管是不是科學界的人都有可能發生的原因。亞伯特堂弟生了一位非核子方面的科學家，一位電腦好手。

如同圖勞特經常說的話：「日子照樣要過！」

我想說的重點是，母親的父親——一個釀酒業者，共和黨的大老，新興起的貴族，講究飲食，追求品味——在第一任妻子過世後，娶了一位小提琴家。這位小提琴家最後變成一位冷酷的瘋子。面對現實吧！有些女人就是這樣，她極端痛恨他的孩子。她嫉妒他對孩子們的愛。她希望成為他的全部。有些女人就是這樣！

這個小提琴拉得極為出色的瘋女人，在母親、皮特舅舅和魯迪舅舅成長時期，常在肉體上和精神上，殘暴地虐待他們。後來外公雖然跟她離婚了，但是他們卻永遠無法從創傷中復原。

如果有一大羣有可能成為買主的人，對於印第安納波里斯富有的德裔美人有興趣，那麼寫出一篇長河小說，說明我外公實際上因為欺騙我母親多年，而慢慢地「謀殺」了我母親，這對我來說是輕而易舉的事。

「叮噹，你這個狗娘養的！」

標題：隨風而逝（Gone With the Wind）。

母親嫁給父親這位收入中等的年輕建築師時，政客、酒館老闆和印第安納波里斯德裔美人社會的名流送給他們許多水晶玻璃餐具、亞麻布料、瓷器和銀器，甚至還有一些金飾。

「雪哈拉莎德（Scheherazade!）！」（譯註：《天方夜譚》中波斯王之妻。）

有誰還會懷疑即使印第安那州也有自己的世襲貴族，還利用無用的財產對抗另一個半球的傻瓜的財產？

這些東西在經濟大蕭條時期，對我哥哥、姊姊、我們的父親，和我來說，似乎全都是垃圾。就跟雪齊吉高中一九四〇年的畢業的同學一樣，如今都已經四處分散了。

「再見（Auf Wiedersehen）。」（譯註：源自德語，暫時告別之用語。）

42

我總是不知道該如何將短篇小說的結尾寫成令一般大眾滿意的結局。在現實生活中，如同時震發生後，隨之而來的時光倒流一樣，人們不會改變，不會從他們的錯誤中學到任何事情，而且也不會道歉。在短篇小說中，他們至少要做到上述三件事中的兩件，否則你大可將它丟到美國藝術與文學協會門前，拴在消防栓上的無蓋鐵網垃圾桶中。

好，那點我可以處理。但是我讓一位人物改變並且／或是學到教訓，並且／或是道歉後，留下了一堆角色隨處站著，無所事事。我不可能就這樣告訴讀者戲唱完了。

在我初出茅廬之際，當時判斷能力還不足，而且從未說過要出生於這個世界，於是我向文學經紀人請教，如何在不殺光所有人物的情況下還能結束故事。這位經紀人曾是一個重要雜誌的小說編輯，也是好萊塢製片場的小說顧問。

他說：「年輕人，這件事再簡單不過了：主角騎上馬後，逐漸消失在夕陽中。」

多年之後，他將用一枝十二公釐口徑的獵槍自殺。

他的另一位朋友兼客戶說，他萬萬不可能會自殺，這實在和他的「個性不符」。

我回答說：「一個人即使受過軍事訓練，還是不可能意外地用獵槍轟掉自己的頭。」

多年以前，遠在我還是芝加哥大學的學生時，我和我的論文教授曾經討論過一般的藝術。當時，我並不知道自己會進入藝術這一行。

他說：「你知道藝術家是什麼嗎？」

我不知道。

「藝術家，」他說：「總是會說『我不會處理我的國家、我的州、我的城市，或甚至是我的婚姻。但是天哪！我可以將這塊畫布，或是這張八吋半寬十一吋長的紙，或是這塊黏土，或是這首十二小節的音樂，正好變成它們「應該」成爲的東西！』」

那件事過了五年後，他做了希特勒的宣傳部長，和其妻與其子在二次大戰結束時所做的事。他吞下了氰化鉀毒藥。

我寫了一封信給他的遺孀，敍述他的教誨對我意義重大。我並沒有收到回信。或許是因爲她不勝悲傷的緣故吧。也或許是因爲，她對於他選擇這樣輕鬆的解脫方式極爲惱怒。

❖

今年夏天，我在一家中國餐廳問小說家威廉・斯帝隆（William Styron），整個地球有多少人有我們所擁有的東西，也就是值得活下去的生活。從我們兩個的數據中，我們找到的答案是「百分之十七」。

隔天我和一位多年老友在曼哈頓中區散步，他是貝勒維醫院專門治療毒癮者的醫師。他的病人有很多都是流浪漢以及ＨＩＶ呈陽性反應者。我告訴他關於斯帝隆和我所決定的數據百分之十七。他說聽起來好像差不多。

如同我在別處所寫過的，這個人是個聖人。我所謂的聖人是指在粗鄙的社會中表現正派的人。

我問他爲何他在貝勒維醫院的病人有一半都不會自殺。他說他也想過這個問題。他偶爾會問這些病人，彷彿這件事在診療過程中並不值得注意，他們是否想過自我毀滅。他說聽到這個問題，他們幾乎毫無例外地都會很訝異，而且覺得受到侮辱了。他們從來沒有想過「那麼變態」的主意！

大約就在那時候，我們碰到了一位他以前的病人，他正拖著一個塑膠袋，裏面裝滿他所收集的鋁罐。他也是圖勞特口中的「聖牛」中的一個，儘管落魄依然神采奕奕。

他說：「你好，醫生。」

43

問題：鳥糞中白白的東西是什麼？

答案：那還是鳥糞。

科學實在很發達，然而它在環境頻頻發生災難的時代能有多大的幫助。車諾比爾至今仍比廣島嬰兒車還要熱門。我們的腋下除臭劑已經把臭氧層吃了一個大洞。

聽聽這個：我那個不會畫酸蘋果的大哥柏尼，過去經常引人非議的說他不喜歡繪畫，因爲它們根本沒有「用處」只不過是終年掛在牆上而已。然而今年夏天他卻成了一位藝術家！門都沒有！這位麻省理工學院的物理化學博士現在成了廉價的傑克森・波拉克（譯註：抽象藝術家，《藍鬍子》中的一角色）！他先將不同顏色與濃度的顏料混在兩片穿不透的物質當中，例如玻璃窗或浴室磁磚。然後他再將它們拉開，「你瞧！」這跟他的癌症無關。他也還不知道他得了癌症，而且惡性腫瘤是在他的肺部，並非在他的腦中。他只不過在某天神經發作，他是一個呈半退休狀態的怪老頭，沒有妻子問他，以神之名，他以爲他在做什麼，「你瞧！」聊勝於無，我也只能這麼說。

所以他寄給我一些影印作品，上面都是他潦潦草草所畫的縮圖，多半是樹狀，或許是樹或是灌木，或許是蘑菇或是雨傘，不過眞的很有意思。如同我的交際舞，它們還算「差強人意」。他後來又寄給我彩色的原稿，我非常的喜歡。

跟著影本一起寄來的信跟這件意外之喜無關。而是一個頑固的技術主義者對於自命爲藝術家的人——像我就是最佳的典範——所提出的挑戰。「這算不算藝術？」他問道。五十年前他當然不可能以如此揶揄的態度提出這個問題，因爲那時候第一所專門的美國繪畫學校尚未誕生、抽象畫派也還沒出現，特別是不會畫酸蘋果滴水，傑克森・波拉克也尚未被神格化。

柏尼還說，不同的擠壓方式會產生不同色彩，色彩之所以往上、往下，或偏向一旁，這些又牽涉到一個非常有趣的「科學現象」，他把答案留著讓我猜。他似乎在暗示，如果他的畫對於藝術世界沒有用處，他的畫依然能指引世人創造出更好的潤滑劑或是防曬液，或是誰知道是什麼東西呢？全新的處方！

他說，他不會在他的畫上簽名、或是公開承認這些畫是他畫的，或是描述創造它們的過程。他只是期待那些得意洋洋的批評家在回答他那看似無辜、實則狡猾的問題：「這算不算藝術？」時，坐立不安，直冒冷汗。

由於他和父親讓我大學時讀不成文科，所以我很樂意回這封信做爲報復：「親愛的大哥：這好比是在教你健康教育十三、十四章一樣，」我這樣開頭：「有很多好人對於一些──但並非全部──平面上人爲安排的顏色與形狀，會受到正面的刺激，而基本上這些組合是「毫無意義」的。

「你本身對於一些音樂會感到很悅耳，音樂即是各種噪音的組合，而且基本上也都是『毫無意義』。如果我把一個水桶往地下室樓梯踢下去，然後對你說，我所製造的吵鬧聲達觀上來說，和《魔笛》的價值一樣高，這句話將不會引發耗時而惱人的辯論。因爲你理所當然的反應一定是說：『我喜歡莫札特的音樂，但是我討厭水桶的聲音。』

「凝視著可能爲眞的藝術作品是一項社會行爲。你可能會很愉快，也可能不會。事後你不必說『爲什麼』，你什麼都不必說。

「親愛的大哥，你是受到相當景仰的經驗主義者。如果你眞的如你所言，想知道『這算不算藝術？』，你必須將它們展示在公共場所，看看陌生人喜不喜歡觀賞它們。這才是遊戲規則。有任何後續發展請告訴我。」

我繼續寫道：「喜歡某些畫作、版畫，或其他事物的人，甚少對該作品的藝術家一無所悉。同樣的，這樣的情況關乎社會，而非科學。任何藝術作品都是兩個人對話的一半，知道誰在與你對話對你了解藝術作品的幫助甚大。她或他的風格爲何？是嚴謹、是宗教、是苦難、是情欲、是反抗、是眞誠，還是笑話？

「受人尊敬的畫作幾乎很少是由沒沒無聞的人所創作的。我們甚至可以從法國拉思戈地下洞穴的繪畫中，多少猜測出該畫家的生活。

「我建議，一幅畫如果沒有一個特別的人出現在觀眾的腦海中，那麼這幅畫絕對無法獲得嚴肅的對待。如果你不願意爲你的畫負責，或是說明爲何你希望他人能認爲這些作品經得起考驗。這場遊戲就玩不下去了。

「繪畫以它們的人性著稱，而非畫作。」

我繼續寫道：「當然也有技巧的問題。這麼說吧，眞正愛畫的人喜歡『單獨玩』，仔細地觀賞表面，了解幻象是如何營造出來的。如果你不願意說出你如何創造出你的畫，那麼這場遊戲又玩不下去了。

「祝好運，獻上我真誠的問候。」我寫道。然後我簽上了我的名字。

44

我自己會用黑墨汁在人造絲上畫畫。一位年紀只有我一半，在肯塔基州的列克星頓居住及工作的藝術家喬・培卓三世，則用絹印法將它們印刷出來。我先用黑墨水在個別的人造絲上畫畫，然後我再告訴喬每張人造絲該用什麼顏色。等到喬一次一個顏色，將這些我用黑墨水所畫的畫印出來後，我這才看到彩色的畫。

我爲他的正片製作負片。

或許有更容易、更快，而且更便宜的方式來創造畫作。這樣可以讓我們有多一點時間打高爾夫球、組合模型飛機和到處晃晃。我們應該好好研究一番。喬的工作室活像是從中世紀蹦出來的。

在我腦中的小型收音機不再接收外來的訊息後，喬讓我爲他的正片製作負片，我實在不知該如何感謝他。藝術實在太「迷人」了。

它是「上等的興奮劑」。

❖

聽著：就在寫本文的三週前，也就是一九九六年九月六日，喬和我在科羅拉多州丹佛的1／1藝廊爲我們的二十六幅版畫舉辦了一個畫展。當地的一家小釀酒廠溫庫波爲了這件事，出產了一種特別的啤酒。酒瓶上的標籤印的是我的一張自畫像。啤酒名稱就叫做寇特麥芽威士忌酒。

你覺得那不夠有趣？你再聽聽這個：這種啤酒在我的建議下，微微添加了一點咖啡的風味。那又有什麼了不起？首先，它的味道眞的很好，但是同時，它也是在對外公亞伯特・李雅柏表示敬意。他是一名釀酒業者，一九二二年禁酒令頒布後他才歇業。這種啤酒曾經在一八八九年的巴黎博覽會中，爲印第安納波里斯釀酒廠贏得金牌獎，而它的的獨門祕方就是咖啡！

叮噹！

那還是不夠有趣嗎？好，那如果我再告訴你，溫庫波釀酒廠的老闆，跟喬年紀差不多，他的名字叫約翰・喜肯・盧波呢？那又怎樣？是這樣的：五十六年前，當我到康乃爾大學念書好成爲一位化學家時，我和一位名叫約翰・喜肯・盧波的人成了兄弟會的弟兄。

叮噹？

這是他的兒子！我這位兄弟會的弟兄在兒子七歲時就過世了。我比他親生兒子還要了解他！我可以告訴這位年輕的丹佛釀酒業者，他爸爸曾經和另一位德塔・亞柏塞倫的兄弟約翰・洛克合作，在兄弟會會所二樓樓梯口，賣光了一大箱的糖果、飲料和香菸。

他們取名爲「喜肯盧波的洛克吧」（Hickenlooper's Lockenbar）。我們叫它「洛肯盧波的喜肯吧」（Lockenlooper's Hickenbar）、「吧肯喜克的盧波洛克」（Barkenhicker's Loopenlock），和「洛肯吧克的盧波喜克」（Lockenbarker's Loopenhick），等等。

快樂的時光！我們以爲我們永遠不會死。

舊酒新瓶。舊笑話新人聽。

我告訴年輕的約翰・喜肯・盧波他爹教我的一個笑話。是這樣的：不管我們在哪裏，他爹總是會問我：「你是烏龜社的人嗎？」我別無選擇，只能以最大的聲音回答：「你他媽的說對了！」

我也能對他爹做同樣的事。在某些特別嚴肅與神聖的場合中，例如新的兄弟會弟兄宣誓入會時，我會在他旁邊耳語：「你是烏龜社的人嗎？」他別無選擇，只能以最大的聲音回答：「你他媽的說對了！」

45

這是另外一個老笑話：「嗨，我叫斯伯丁（Spaulding），毫無疑問，你拿了我的球。」因爲斯伯丁已經不再是運動器材的主要廠商，所以這個笑話也不再好笑了，正如同李雅柏金牌獎啤酒已經不再是中西部受歡迎的休閒飲料，也正如同馮內果五金行已經不再是耐用又實用的物品的製造商及零售商了。

那家五金行會歇業是正常的，因爲競爭者比它更有活力。印第安納波里斯的釀酒業者則是被美國憲法第十八條勒令歇業的，一九一九年政府明令，釀造、販賣，或是運輸酒類都是違法的。

印第安納波里斯的幽默作家金・哈伯德說，禁酒令「比完全沒有酒還棒」。酒類直到一九三三年才合法。那時候，酒類走私業者艾爾・卡普已經擁有芝加哥，而約瑟夫・甘迺迪——一位以後會被謀殺的總統的父親——已經是一個千萬富翁。

❖

喬・培卓三世和我在丹佛的畫展開幕後的隔天拂曉是一個星期天，我在當地最古老的飯店牛津飯店的房間中醒來。我知道我在哪裏，也知道我怎麼到那裏的。彷彿前晚我不曾因爲喝了外公的啤酒，而醉得像隻貓頭鷹一樣。

我穿好衣服，走出門外。我沒有看到任何人起床了。街上也沒有車輛行駛。如果自由意志選擇那個時候闖入，而我又失去平衡墜樓的話，一定不會被車子碾過。

自由意志闖入時，或許最棒的就是成爲母布蒂（Mbuti）——非洲薩伊雨林中的俾格米族人（Pyamy）。

距離我飯店兩百碼的地方以前是這個城市臃腫的心臟地帶的外圍。我指的是它的鐵路車站。它於一八八〇年完成。現在一天只有兩班火車經過。

我的年紀甚大，所以還記得一些絕妙音樂，諸如蒸汽火車的嘶嘶隆隆聲，和它們哀淒的笛聲，以及車輪與鐵軌接合處所發出的節拍器般的喀噠聲、平交道的警鈴所發出的高低顯著的音調——這得感謝都卜勒效應。

我也記得勞工歷史，因爲當時美國勞工階級對鐵路公司所發起的示威行動，要求更好的待遇、更加的尊重，和更安全的工作環境，第一次引起了廣大的迴響。而對抗煤礦坑、煉鋼場，及紡織廠等等的事件也跟著風起雲湧。對於我這一代大多數的美國作家來說，這些抗爭似乎就像是對抗外敵一樣値得奮戰，許多鮮血也因而灑下。

我們的作品之所以大部分都會洋溢著樂觀主義，乃是因爲在「大憲章」、「獨立宣言」、「人權法案」、「解放宣言」，及憲法第十九條——於一九二〇年允許女人投票——相繼公布後，我們深信政府應該也可擬出妥當的經濟方案。這樣的想法是很合邏輯的。

甚至在一九九六年，我在演講中還建議下列修正案：

第二十八條：每個新生兒應該受到誠摯地歡迎與照顧，直到成熟爲止。

第二十九條：每個成人只要有需要，都該獲得有意義的工作，且具備最低工資。

身爲消費者、員工和投資者，我們所創造出來的卻是一堆堆的紙上財富，數額之大，可以讓少數掌控者在不傷害任何人的情況下，替自己謀個幾百萬幾十億。表面看來是如此。

我們這一代有許多人都很失望。

46

你相信嗎？圖勞特在去世外桃源之前，從未看過一齣舞臺劇，但是他不但在從我們的戰爭——也就是二次大戰——返家後寫了一本劇本，而且還「取得版權」！我從國會圖書館的電腦中將它取回，其劇本名稱叫做《滿臉皺紋的老僕》（*The Wrinkled Old Family Retainer*）。

這就像是我在世外桃源辛克萊路易斯套房中，得自電腦的生日禮物。哇！昨天的日期是二〇一〇年十一月十一日。我剛滿八十八歲，或說是九十八歲，如果你把倒流的時光算在內的話。我妻子莫妮卡・培波・馮內果說，八十八是一個非常幸運的數字，九十八也是一樣。她深信命理學。

我親愛的女兒莉莉十二月十五日就滿二十八歲了！誰想得到我可以活著看到那一天？

《滿臉皺紋的老僕》是關於一個婚禮的故事。新娘叫「米拉比利・蒂克圖」（Mirabile

Dictu）（譯註：源自拉丁語，說也奇怪之意），是一個處女。新郎叫「福樂葛倫提・地利多」（Flagrante Delicto）（譯註：現行犯之意），是一個專玩女人的無情郎。

「旁白」是一位站在婚禮邊緣的男賓客，他鼓動著嘴角，向站在他隔壁的傢伙說：「我才不這麼費事張羅這一切。我只要找到一個恨我的女人，然後我給她一個家就成了。」

在新郎親吻新娘時，另一個回答說：「所有的女人都是瘋子，而所有的男人都是混蛋。」

以某人之名命名的滿臉皺紋的老僕，躲在棕櫚盆栽後哭得一把鼻涕一把眼淚，他叫「陰囊」。

莫妮卡還是很想知道，是誰在自由意志再度闖入之前，把還沒熄火的雪茄放在協會畫廊的防火鈴下面。那都已經是九年多前的事了！誰在乎呢？知不知道又有什麼差別呢？這就好像知道鳥糞上白色的東西是什麼一樣。

圖勞特只不過是在碟子上捻掉那根雪茄。根據他對莫妮卡和我的說法，他捻了又捻，捻了再捻，好像它不但是防火鈴鈴聲大作的原因，也是外頭喧囂的始作俑者。

「軋吱聲最大的車輪才能上油。」他說。

他說他從牆上拿下一幅畫，準備用畫框的角邊撞擊滅火鈴，但是滅火鈴卻自動靜默下來，他這時才了解自己的舉止很荒謬。

他重新將畫掛上，甚至看看有沒有放正。「不知道爲什麼，我覺得將畫放好、放正，」他說：「而且和其他畫的距離擺得一樣，是一件很重要的事。至少我可以讓這個混亂的宇宙的一小部分恢復它原有的樣子。我很感激有機會做那件事。」

他回到大廳，期待武裝警衛達德里王子能從遲鈍狀態中醒來。但是達德里王子依然是一尊雕像，依然以爲，只要他一動，就會發現自己又回到牢裏了。

圖勞特再次對著他說：「醒醒！醒醒！你再次擁有自由意志了，還有活兒要幹呢！」諸如此類的話。

無動於衷。

圖勞特想到一個好主意！他不再推銷自由意志這個他自己也不相信的概念，而這麼說道：「你一直病得很嚴重！現在你又痊癒了。你一直病得很嚴重！現在你又痊癒了。」

咒語有效了！

圖勞特一定可以當一名偉大的廣告人。也曾經有人這麼說過耶穌基督。每個偉大廣告的基礎就是「可信的承諾」。耶穌承諾來世的生活會更好。圖勞特承諾相同的事情，不過時間是在此時此刻。

達德里王子精神上的僵硬身體開始暖和了！圖勞特要他扳扳手指，跺跺腳，伸出舌頭，扭扭屁股等等的事，加快他復原的速度。

圖勞特從來沒拿過高中同等學歷，然而他卻成了現實生活中的法蘭肯斯坦博士（譯註：科學怪人的創造者）

47

主張我們快樂之際應該大聲說出來的叔叔亞歷士・馮內果，被他的老婆蕾伊嬸嬸視爲傻瓜。他一定是在剛成爲哈佛新鮮人時才開始變成傻瓜的。哈佛曾問亞歷士叔叔一個問題，他爲何老遠從印第安納波里斯來念哈佛。根據他當時開心的描述，他是這麼寫的：「因爲我大哥在麻省理工學院就讀。」

他終生都沒有孩子，也從未擁有槍枝。不過他倒是有一大堆的書，而且還不斷地買新書，並且將那些他認爲十分出色的書籍送給我。他常常想讀一些令人讚嘆的段落給我聽，然而找到這本書或那本書，對他來說卻是一項嚴苛的考驗。原因是這樣的：他老婆蕾伊，據說非常有藝術天分，將他的圖書館按照書籍的大小、顏色，以及梯級的方式來分類。

所以他可能會這麼說他的偶像亨利・路易斯・門肯的論文集：「我想它是綠色的，差不多『這麼』高。」

他的姊姊，我的姑姑愛瑪，在我成年時有一次對我說道：「馮內果家的『所有』男人都怕女人怕得要死。」她的兩個兄弟肯定是怕死「她」了。

聽著，亞歷士叔叔所接受的哈佛教育，可不像現在一樣，是經過小型達爾文式的競爭勝利後，所得到的戰利品。他的建築師父親伯納・馮內果送他去那裏念書，是希望他能夠變得「有教養」，而他也做到了，雖然他同時也極爲懼內，而且只不過是一名保險員。

我永遠都會感激他，我想也要間接感激以前的哈佛，因爲我學到了找好書的竅門，有些是非常有趣的書，不管未來會發生什麼事，這些理由就足以爲活著感到驕傲。

現在亞歷士叔叔和我所鍾愛的那一種書——放在上了鉸鏈、沒有鎖、放滿了墨汁點點的樹葉的箱子中，似乎就快廢棄了。我的孫子的閱讀經驗大部分都是來自電視螢幕上所投射的字幕。

拜託，拜託，拜託再等一下！

書籍在發明之初，就像最近的矽谷奇蹟一樣，是極度實用的東西，用來儲存或傳達語言，而且都是取材自森林、原野，和動物中所找到，幾乎未經修飾的物質製造而成的。但是偶然之間，在沒有經過巧妙的盤算下，書籍因爲它們的重量與質地，也因爲它們十分能象徵對於操縱的反抗，而影響了我們的雙手和雙眼，接著影響了我們的心智與靈魂，我爲我的孫子所不知道的心靈之旅感到遺憾。

48

我很高興本世紀最偉大的詩人及最偉大的劇作家都否認他們來自中西部，特別是來自密蘇里州的聖路易。我指得是T・S・艾略特，他後來的口氣好像坎特伯里大主教，另外還有一位是田納西・威廉斯，他是聖路易的華盛頓大學及愛荷華大學所出廠的產品，他後來的口氣好像《亂世佳人》中的艾許禮・威爾克斯。

的確，威廉斯是在密蘇里州出生，但是七歲時搬到了聖路易。他在二十七歲那年，替自己取了田納西這個名字。在此之前，他原名湯姆。

柯爾・波特（Cole Porter）（譯註：爵士音樂家）出生於印第安那州的祕魯，發祕——魯的音。〈日以繼夜〉（Night and Day）？〈跳比津舞嗎〉（Begin the Beguine）？不錯，不錯。

圖勞特出生於百慕達的一家醫院，當時他父親雷蒙以僅存的百慕達海鷲做爲其博士論文的主題，在附近蒐集資料，進行追蹤調查。那些巨大的藍鳥在遠洋猛禽中，算是體型最大的了，牠們唯一僅存的繁殖地就是死人岩石，那是一個無人的熔岩塔，位於惡名昭彰的百慕達三角洲的中心。圖勞特事實上是他雙親在蜜月期間於死人岩石上懷了他的。

這些海鷲眞正有趣的地方在於，母鳥正是其數量銳減的原因，人類跟這件事一點關係也沒有。過去，大概有數千年之久吧，這些母鳥一直依循這樣的程序：孵蛋、照顧幼鳥，最後爲了教牠們飛翔，把牠們從塔頂踢下來。

但是當博士候選人雷蒙・圖勞特帶著妻子抵達該地時，他發現母鳥已將撫育的過程省略，直接把蛋從塔頂踢下來。

因此圖勞特的父親幸運地成了一名專家，這得感謝百慕達母海鷲的創舉，或者隨便你怎麼說都可以，對於主宰種族命運的機制上有所突破，有別於以往達爾文「自然淘汰論」中，奧坎氏簡化論的機制。

小圖勞特九歲時，圖勞特一家人在新斯科細亞省失望湖的湖邊露營，度過了一九二六年的夏天，也因此有了大發現。當時那個地區的達爾豪司啄木鳥已經不再搖頭晃腦地啄木了，而改以鹿及麋背上充裕的蚊蚋爲食。

當然，達爾豪司是加拿大東部最普遍的啄木鳥，其範圍分布於紐芬蘭島到曼尼托巴省，以及哈德遜灣到密西根州的底特律一帶。儘管失望湖附近的啄木鳥和其他啄木鳥的羽毛與鳥喙大小完全一樣，但是只有牠們不再從這些蟲子鑿出或找到的樹洞中，辛辛苦苦地一次挖出一隻，挑出這些蟲子來吃。

人們於一九一六年第一次發現牠們在大啖蚊蚋，當時另一個半球正在進行一次世界大戰。然而，失望湖的達爾豪司在此之前或之後，都沒有人在進行觀察。這是因爲一大羣狼吞虎嚥的蚊蚋，常常看起來就像是小龍捲風，因此使得這羣飲食習慣改變的達爾豪司的棲息地幾乎不適合人類居住。

所以圖勞特一家花了一個夏天的時間住在那裏，早晚穿得都像養蜂人一樣，戴上手套，穿著長袖襯衫，並在腰上打結，穿著長褲，並且腳踝上都打結，戴上寬邊帽，覆蓋上薄紗，以便保護他們的頭和脖子，不管天氣多麼炎熱都是一樣的裝扮。爸爸、媽媽，和兒子全都擊在馬拉雪橇上，一起把露營用品、一個笨重的攝影機，和三角架拖到位於沼澤地帶的營地。

圖勞特博士不過是想要拍攝一般的達爾豪司罷了，這種達爾豪司和其他的達爾豪司沒什麼兩樣，但是牠們是在鹿及麋背上啄蟲，而不是在樹幹上。單是這樣簡單的畫面就足以令人感到興奮，因爲這表示，低等動物也有能力進行文化及生物上的進化。有人或許已經從中推測出，那羣鳥中的其中一隻就好比是愛因斯坦，創立理論，並且證明蚊蚋和樹幹中所挖出來的東西一樣營養。

不知道圖勞特博士是否曾經大吃一驚！這些鳥不但肥得令人厭惡，也因此極爲容易成爲掠奪者捕食的目標。牠們還會爆炸呢！達爾豪司巢穴附近所生長的樹菌孢子找到機會，在過重的鳥兒的腸道中形成一種新疾病，這都拜蚊蚋體內的某些化學品之賜。

這些菌類在鳥兒體中的新生活方式使大量的二氧化碳突然釋放出來，導致這些鳥兒爆炸！其中一隻達爾豪司——或許是失望湖實驗中最後僅存的老兵——會在一年後於密西根州底特律的公園爆炸，引發汽車城有史以來，第二嚴重的種族暴動。

49

圖勞特曾經寫過一個關於種族暴動的故事。故事發生在一個體積是地球兩倍大的行星，它繞著一個2B鉛筆大小的恆星驃克的軌道運行。

遠在時光倒流發生之前，我就曾經在紐約美國自然博物館問過我大哥柏尼，他是否相信達爾文的進化論。他說他相信，我問他為什麼相信，他說：「因為這是城裏唯一的遊戲。」

柏尼的回答跟另一個老笑話如出一轍，就像「叮噹，你這個狗娘養的！」一樣。有個傢伙打算玩牌的時候，他的朋友告訴他，這局牌有人耍老千。這傢伙說：「對，我知道，但這是城裏唯一的遊戲。」

我懶得找出原來的引句怎麼說的，但是英國天文學家佛雷德・霍伊爾（Fred Hoyle）說過一句話，意思就是這樣：相信達爾文的進化論就好像相信颶風會吹過垃圾場，然後造出一架波音七四七一樣。

不管是誰創造出來的，我都必須說長頸鹿和犀牛都很可笑。人類的大腦也是一樣，聯合身體較爲敏感的部位，例如叮噹，能夠在痛恨生命時假裝熱愛它，然後說出：「快點趁我開心時殺了我吧！」

鳥類學家之子吉爾戈・圖勞特在《我以自動駕駛儀飛行的十年生涯》中寫道：「『受託者』（The Fiduciary）是一隻神話中的鳥。它從未存在於大自然中，過去沒有辦法，未來也不會發生。」

圖勞特是唯一說過「受託者」是一隻鳥的人。這個名詞（譯註：源自拉丁語fiducia，信賴、信任之意）事實上指的就是爲他人保管資產的「人」，所謂的資產在今日特別是指一些代表財富的文件或是電腦資料，包括他們政府的國庫在內。

拜大腦和叮噹等等之賜，他或她或它都無法存在。所以無論時光倒流與否，在一九九六年夏天，我們都會一如往常，讓這些不可靠的理財者把自己變成千萬富翁及億萬富翁，而我們卻在用錢扔沙袋，這些錢理當花在更恰當的地方，例如創造有意義的工作，訓練人們去擔任這些工作，還有撫育我們的年輕人，以及讓我們的老人能在尊敬與安全的環境下退休。

看在老天爺的份上，讓我們幫助更多受到驚嚇的人們度過此事，不管是什麼事。

爲什麼要花錢擺平事情？因爲那正是金錢的「用處」。

國家的財富是否應該重新分配？國家的財富一直以極爲沒有幫助的方式，一再重新分配給少數人。

讓我記錄一下，圖勞特和我從未用過分號。它們一點用處也沒有，什麼建議也沒有。它們是有異裝冑仿癖的雌雄同體。

是的，任何想好好照顧人民的夢想就等於是一個沒有大家庭支持與陪伴，有異裝模仿癖的雌雄同體。畢竟，在大家庭內，分享與憐憫遠比在巨大的國度中來得眞實多了，而「受託者」也不會像「大鵬鳥」及「鳳凰」那樣神祕了。

50

我年紀大了，記不得「操」這個字從何時開始被視爲充滿了壞魔力，使得正當刊物都不會刊登。這是另一個老笑話：「別在孩子面前說『操』。」

有一個名詞一般認爲充滿了毒素，但可以在有敎養的人面前說出來，只要你說話的語氣隱含著恐懼與厭惡即可，這個名詞就是「共產主義」，它指的是許多原始社會中，動機單純、普遍實行的一種活動，就像操人這件事一樣。

所以在刻意計畫的愚蠢越戰發生期間，當諷刺家保羅・克羅斯納（Paul Krassner）發行了上面寫著「操他的共產主義」的紅白藍色長條形貼紙時，這眞是對愛國主義及一本正經主義下了一個極好的註解！

我的小說《第五號屠宰場》在當時曾因爲內容包含「操你媽的」這個名詞而受到抨擊。在這本書中前面的一個章節裏，有人瞄準四個被俘虜於德軍戰區後方的美國士兵射擊。其中一個美國人，如我所言，從來沒有操過任何人，對著另一名美國人吼道：「頭低下，操你媽的。」

自從那些字眼出版之後，兒子們的母親就必須在做家事時戴上貞操帶。

即使到現在，很多人聽到「共產主義」還是很反感，或許這種情形永遠不會改變，我當然了解這是很合理的反應，畢竟蘇聯的獨裁者曾經做過如此殘酷與愚蠢的行爲，他們說變就變，突然自稱爲「共產主義者」，就像希特勒說變就變一樣，突然自稱爲「基督徒」。

然而，對於經濟大蕭條時期的孩子而言，他們基於禮貌的想法，爲了這些暴君的罪行，而將一個原本僅是華爾街股市替代方案之一的名詞判刑，這樣的做法還是會讓他們感到些許的羞愧。

是的，而「社會主義者」則是蘇聯的第二個罪惡，所以再見了，「社會主義」還有「共產主義」，印第安那州特勒荷的尤金・戴布茲再見了，那裏的月光沿著瓦伯許河閃閃發亮。那裏的原野上飄著新割的乾草的氣息。

「只要還有一個靈魂尚在桎梏中，我便不得自由。」

經濟大蕭條的時期，大家都在討論華爾街股市的各種替代方案，當時華爾街突然扼殺了太多的行業，包括銀行業在內。股市大崩盤後，成千上萬的美國人再也想不出辦法支付食物、住所及衣服的錢了。

那又怎樣？

那幾乎是一個世紀以前的事了，如果你把倒流的光陰算在內的話。算了吧！幾乎每個當時活著的人都比一條青花魚還要麻木。祝他們來世社會主義快樂！

現在眞正重要的是，在二〇〇一年二月十二日的下午，圖勞特將達德里王子從後時震冷漠中喚醒。圖勞特頻頻催促他說話，講什麼都可以，不管多麼荒謬的話都沒關係。圖勞特建議他說：「我發誓效忠國旗。」或是什麼話都可以，藉以向他自己證明，他重新主導自己的命運了。

王子剛開始時說得結結巴巴。他並沒有宣誓效忠，而是表示他想了解到目前爲止，圖勞特對他說的每件事。他說：「你告訴我，我『有』某樣東西。」

「你以前病了，但是現在痊癒了，所以該幹活了。」圖勞特說。

「在那之前，」王子說：「你說我『有』某樣東西。」

「別再提了，」圖勞特說：「我太興奮了。不知所云。」
「我還是想知道你說我『有』什麼東西。」王子說。
「我說你有自由意志。」圖勞特說。
「自由意志，自由意志，自由意志，」王子皺起眉毛，訝異地反覆說道：「我總是在想，我究竟『有』什麼。現在我知道它的『名稱』了。」
「請你別管我說的話，」圖勞特說：「還有人命要救呢！」
「你知道自由意志可以用來做什麼嗎？」王子問。
「不知道。」圖勞特回答。
「你可以用來塞屁股。」王子說道。

51

當圖勞特在美國藝術與文學協會的大廳中，將達德里王子從後時震冷漠症中喚醒時，我將他喻為法蘭肯斯坦博士。我當然是指小說《科學怪人》——或者說是《現代普羅米修斯》——中的反英雄人物。這本書的作者是瑪麗·渥司頓克萊夫特·雪萊，她是英國詩人雪萊的第二任妻子。在書中，科學家法蘭肯斯坦將一堆取自不同屍體的身體部位組合成人形。

法蘭肯斯坦利用電流讓這些屍塊活起來。書中的結果跟那些在眞實的美國州立監獄中坐上眞電椅的人的結果正好相反。大部分的人以為法蘭肯斯坦就是那個怪物。他不是。法蘭肯斯坦是那位科學家。

在希臘神話中，普羅米修斯從泥中創造了第一個人類。他為人類盜取天火，是為了讓人類得到溫暖，並得以烹調，而不是讓我們燒光所有在日本廣島與長崎的小黃雜種。

在我這本精彩的書中，我於第二章中提到為紀念廣島原子彈爆炸五十週年，在芝加哥大學的禮堂所舉辦的一場紀念會。因爲我的朋友威廉·斯帝隆曾說過廣島的原子彈救了他一命，我便在當時說我必須尊重他的想法。斯帝隆在美軍投下原子彈之際是一名美國海軍，正在接受入侵日本領土的訓練。

不過我必須補充說明，我知道有一個名詞，證明我們民主的政府有能力犯下卑鄙、瘋狂、帶有種族歧視，宛如禽獸的謀殺案，殺掉手無寸鐵的男人、女人和小孩，犯下毫無軍事常識可言的謀殺案。我以前說過那個名詞。它是個外來語。那個名詞就是「長崎」。

無所謂！那也是很久，很久以前的事了，甚至還要多加上十年之久，如果你把倒流的光陰算在內的話。現在我發覺值得一說的是，在自由意志不再令人感到新奇的多年後，依然持續適用於人類處境的一句話，這句話曾經促使達德里王子回到現實，而現在則被通稱爲吉爾戈·圖勞特信條：「你以前病了，但是現在痊癒了，所以該幹活了。」

我聽說，對面公立學校的老師每天上課前，在學生朗誦完效忠的誓言及主禱文後，會對學生說圖勞特的信條。老師說這句話挺有幫助的。

一位朋友告訴我，他當時正在參加一個婚禮，牧師在典禮的高潮中說出：「你以前病了，但是現在痊癒了，所以該幹活了。我現在宣布你們倆正式結爲夫妻。」

另一位在貓食公司擔任生化家的朋友說，她當時待在加拿大多倫多的一家旅館，她要求櫃檯早上打電話叫她起床。隔天早上當她接電話時，接線生說：「你以前病了，但是現在痊癒了，所以該幹活了。現在是七點整，外面的溫度是華氏三十二度，攝氏零度。」

二○○一年二月十三日的下午，以及接下來的兩週左右，圖勞特的信條的確救了許多人的命，就跟二十年前愛因斯坦「Ｅ等於ｍｃ平方」的方程式所結束的生命一樣多。

圖勞特讓達德里王子對其他兩個在協會值日班的武裝警衛說出這幾句神奇的話。他們進入前美國印地安人博物館，對那些患有緊張性精神分裂症的流浪漢說出這些話。這一羣數量龐大的，被喚醒的聖牛中，或許有三分之一的人，相繼成爲反後時震冷漠症的宣揚者。帶著圖勞特的信條，這些衣衫襤褸的老兵分散到附近的地區，把更多活著的雕像變成有用處的生命，幫助傷者，或是至少把他們弄進屋內，免得他們凍死。

「神蹟無所不在。」無名氏在第十六版的《耳熟能詳的巴特利特語錄》（*Bartlet's Familiar Quotations*）中這樣告訴我們。載送若頓·培波到協會，讓他在按門鈴時被雲梯消防車撞成重傷的裝甲豪華轎車，它後來的遭遇表面上看起來沒什麼意義，但其實正是一個很好的例子。豪華轎車的司機傑瑞・里佛斯在把下身癱瘓的乘客及其輪椅送到人行道上後，便往哈德遜河方向駛去，將車子開到西方五十碼遠。

那仍是光陰倒流的一部分。無論時光倒流與否，傑瑞都不打算把車子停在協會門前，免得因爲這輛豪華轎車的緣故，讓別人懷疑該協會並非一棟廢棄的建築。如果不是爲了這個緣故，這輛轎車就會緩和消防車的衝擊力，而可能——但並非百分之百——在若頓・培波按門鈴時救了他的命。

但是要付出什麼代價？協會的門口就不會被撞毀，使圖勞特得以接近達德里王子以及其餘的武裝警察。圖勞特就不能穿上他在那裏發現的備用警衛制服，使他看起來像個權威人物。他就不會攜帶協會的火箭筒，轟掉這輛動彈不得，但是無人乘坐的車子上刺耳的防盜鈴。

52

美國藝術與文學協會之所以擁有火箭筒，是因為闖入哥倫比亞大學的軍閥從國民兵的彩虹部隊偷來坦克，做為攻擊的先鋒。他們極為厚顏無恥，還揮舞著「昔日的榮耀」——美國國旗。

可以想像的是，這些軍閥，就好像十大財團一樣，在沒有人管的情況下，自以為跟大家一樣，都是美國人。「美國，」圖勞特在《我以自動駕駛儀飛行的十年生涯》中寫道：「是三十億個昨天才發明的盧柏·哥德伯格裝置相互作用的結果。」

「而且你最好有一個大家庭。」他補充說道，雖然他自己本身從一九四五年九月十一日，他從軍隊退伍那天，到二〇〇一年三月一日，他和莫妮卡·培波、達德里王子，和傑瑞·里佛斯乘著高級裝甲轎車，抵達世外桃源時的這段期間，從未擁有過大家庭。

盧柏·哥德伯格是上一個千禧年的最後一個世紀那時期的報紙漫畫家。他專門畫一些複雜程度荒謬之至，卻又不牢靠的機器，運用了踏車、活門板、鐘、哨子，繫上馬具的家畜、噴燈、郵差、燈泡，以及鞭炮、鏡子、收音機、留聲機，還有發射空包彈的手槍，諸如此類的東西，只爲了完成某件簡單的工作，例如關上窗簾。

是的，圖勞特叨絮著大家庭對人類的重要性，而我至今依然相信，身爲人類，我們需要大家庭就好像我們需要蛋白質、碳水化合物、脂肪、維他命，和必要的礦物質一樣。

我才讀過一篇報導，說是一個十幾歲的父親將他的嬰孩用力搖晃致死，因爲這名嬰兒無法控制肛門的括約肌，也不願意停止哭泣。在一個大家庭中，一定會有其他人在場，可以拯救這名嬰兒，以及這名父親。

如果這名父親在一個大家庭中長大，他可能就不會成爲這麼差勁的父親，或許根本就不會成爲父親，因爲他還太年輕，無法成爲一名好父親，或是因爲他太瘋狂了，「根本」無法成爲一名好父親。

一九七〇年遠在時光倒流發生之前，我人在南奈及利亞，時值比亞法拉戰爭的結尾，我站在比亞法拉這一方，也就是輸的一方，大部分都是伊布人的一方。我遇見一名新生嬰兒的父親，他是伊布人。他居然有四百個親戚！即使戰爭節節敗退，他和妻子還是打算去旅行，將這名新生兒介紹給所有的親戚認識。

當比亞法拉軍隊需要補充軍力時，伊布人的大家庭就會聚集在一起，決定誰應該赴戰場。在和平時期，這些家庭會聚在一起，決定誰應該上大學，通常是去卡爾工業學院、牛津、或是哈佛，總之都是遠離家園。然後整個家族幫忙湊錢支付旅費和學費，以及適合當地氣候及社會的服裝。

我在那裏遇見伊布作家奇奴亞・阿卻貝（Chinua Achebe）。目前他在巴德學院教書及寫作，地址在紐約一二五〇四號哈得遜安奈得爾。我問他，在貪婪的軍事執政團接管奈及利亞，並且定期吊死太多自由意志的批評者後，那些伊布人近況如何。

奇奴亞說伊布人並沒有在政府中扮演任何角色，他們也不想在政府中占有一席之地。他說伊布人都靠小生意爲生，不會和政府或其友人產生衝突，其中包括殼牌石油公司代表在內。

他們一定開過許多次的會議，從中討論道德倫理與生存法則。

他們至今依舊讓最優秀的孩子遠赴最好的學府就讀。

當我讚頌家庭或家庭價值的理念時，我指的並不是一個男人、一個女人，和他們的孩子，剛進入社會，嚇得要命，不知道如何因應經濟、科技、生態和政治風暴這樣的情況。我說的是很多美國人迫切需要的東西：也就是二次大戰之前，我在印第安納波里斯所擁有的東西，以及桑頓・懷爾德所著的《小城風光》中的人物所擁有的東西，以及伊布人所擁有的東西。

在第四十五章中，我提過兩個憲法修正案。這裏還有另外兩個修正案，有人會認為，這兩個小得足以從生活中期待，就像人權法案一樣——

第三十條：每個人，在達到法定青春期後，應該在莊嚴的公開儀式中，被宣布為成人，而在儀式中，他或她也必須樂於接受其在社區中的新責任，以及伴隨而來的尊嚴。

第三十一條：我們應該盡一切努力讓每個人都能感受到，當他或她走了時，大家都會非常地想念。

這些人類心靈的理想飲食中所不可或缺的要素當然只能倚靠大家庭來供應。

53

《科學怪人》——或者說是《現代普羅米修斯》——中的怪物後來之所以變得很兇狠，是因爲他發現，長得這般醜陋活在世上實在令人感到羞愧，同時也很「不受歡迎」。他殺了法蘭肯斯坦，我再次聲明，法蘭肯斯坦是那位科學家，而不是那個怪物。我得趕緊說明，我大哥柏尼從來就不是法蘭肯斯坦式的科學家，他從來沒有，也不會蓄意從事任何毀滅性的發明。他也不曾當過潘朵拉，釋放出新毒藥或新疾病等等之類的東西。

根據希臘神話的傳說，潘朵拉是第一個女人。衆神因爲對於普羅米修斯從泥中創造人類，又從祂們手上偷走火感到憤怒，因而創造了潘朵拉。創造出一個女人正是他們「復仇的方式」。祂們給了潘朵拉一個箱子。普羅米修斯懇求她別打開箱子。但是她還是打開了。於是所有屬於人類的邪惡都從箱子裏跑出來了。

最後一樣從箱子跑出來的是「希望」。它飛走了。

這個令人沮喪的故事並不是我寫的。也不是圖勞特寫的。這個故事是古代希臘人所寫的。

這正是我要說的重點：法蘭肯斯坦所創造的怪物既不快樂又具毀滅性，然而圖勞特在協會附近所激勵的人，雖然他們不會贏得任何選美比賽，但是大致上說來他們都非常活潑開朗，熱心公益。

我必須說「他們之中大部分的人」不會贏得任何選美比賽。不過他們之中至少有一個女人長得非常美麗。她是協會中的一名職員。她就是克萊拉・席恩。莫妮卡・培波確定克萊拉就是抽雪茄引發畫廊防火鈴大響的人。當克萊拉・席恩碰見莫妮卡時，她發誓她一生中從未抽過一根雪茄，而且她痛恨雪茄，然後便消失無蹤。

我不知道她後來怎麼樣了。

克萊拉・席恩和莫妮卡當時都在前美國印地安人博物館中照料傷者，因爲圖勞特已經將這個地方變成醫院，當莫妮卡詢問克萊拉有關雪茄之事時，克萊拉憤而離去。

圖勞特帶著已經變成「他的財產」的火箭筒，在達德里王子及另外兩位武裝警衛的陪伴下，將所有還待在收留所的流浪漢趕出去。他們這麼做是爲了空出一些床位，好安置那些斷腿斷手的傷者，他們比那些流浪漢更需要躺在溫暖的地方。

這就是分類，如同圖勞特在二次世界大戰的戰場上親眼目睹的事實，「我只後悔我只有一條命可以爲我的國家犧牲。」美國愛國志士內森・赫爾如此說道。「去你媽的流浪漢！」美國愛國志士吉爾戈・圖勞特如此說道。

然而，是培波的加長型豪華轎車司機傑瑞・里佛斯，開著他的愛人繞過汽車殘骸及傷者，抵達哥倫比亞廣播公司位於西五十二街的攝影棚，一路上他通常是開在人行道上。里佛斯這樣喚醒那裏的員工：「你以前病了，但是現在痊癒了，所以該幹活了。」然後他請他們從收音機及電視上向全國廣播相同的話。

爲了讓他們照他的話做，他不得不向他們說謊。他說大家剛從不知名人士所發動的神經瓦斯的攻擊中恢復過來。所以針對全國、全世界成千上億的聽衆發表的圖勞特信條的第一個版本是這樣的：「這是哥倫比亞廣播公司獨家新聞！過去曾經發生一場不知名人士所發動的神經瓦斯攻擊事件。你以前病了，但是現在痊癒了，所以該幹活了。請確保所有的兒童及老人在屋內的安全。」

54

沒錯！錯誤發生了！但圖勞特用火箭筒使汽車防盜鈴安靜下來並非錯誤之一。如果有一本手册教導我們，萬一發生了時震，導致時光倒流，最後自由意志再度闖入，這樣的情況應當如何應對，那麼書上應該建議每個地區都擁有一支火箭筒，而且有值得信賴的成人會知道它放在哪裏。

錯誤？這本手册應該指出，無論有沒有人駕駛，汽車本身對於它們所造成的傷害「無需負責任」。把它們當做反叛、需要躲藏的奴隸來懲罰簡直是浪費時間！汽車、貨車和公車之所以還在行駛，純粹因爲它們是「自動車」，把它們視爲代罪羔羊，不啻剝奪了救難人員與難民的交通工具。

如同圖勞特在《我以自動駕駛儀飛行的十年生涯》中所建議：「把一個陌生人所停放的道奇車打爛可以暫時解除壓力。把該說的都說了，該做的也做了，只會讓生命比以前更像是一團狗屎。要別人怎麼對待你的車，就怎麼對待別人的車。」

「一輛熄火的汽車可以不靠人類啓動，這樣的說法純粹是迷信，」他繼續說道：「在自由意志闖入後，如果你『必須』從沒有駕駛，引擎又沒有發動的車上拔出車鑰匙，拜託，拜託，拜託你把鑰匙丟進『郵筒』，不要丟進排水管或是垃圾場。」

圖勞特本身犯下最大的一個錯誤，或許是將美國文學與藝術協會變成停屍所。前面的鐵門及其門框都已經被裝回原位，以便維持室內的溫度。不過將屍體排列在外面似乎比較合理，因爲那裏的溫度在冰點以下。

圖勞特位於遠在天邊的西一五五街上，無需擔心這件事，但是聯邦航空委員會的人員應該了解，地面上的墜毀事件逐漸平息後，還有自動駕駛儀所操控的飛機在天上飛。它們的機員及乘客因爲後時震冷漠症尚未接受治療，所以頭腦都還不是很淸楚，不知道油料耗盡後會發生什麼事。

十分鐘後，或是一小時，或是三小時之後，他們重於空氣、高度通常在六哩以上的飛行器，就會替所有的乘客「把籌碼換成現金」，「買下農場」。（譯註：把籌碼換成現金、買下農場，皆爲死亡之意）

對母布蒂（Mbuti）——非洲薩伊雨林中的俾格米族人——來說，二〇〇一年二月十三日多半是個很普通的日子，除非有一架離羣的飛機，在時光倒流結束後，剛好降落在他們其中一個人的頭上。

當自由意志再度闖入時，最糟糕的飛行器當然是直升機，螺旋槳是被天才李奧納多・達文西首次想像出來的。直升機無法滑行。直升機起先也不想飛行。

比一架在天上飛的直升機要安全的地方就是雲霄飛車或是摩天輪。

是的，紐約市頒布戒嚴令後，前美國印地安人博物館就變成了兵營，而圖勞特也交出了火箭筒，而協會的總部被徵用爲軍官俱樂部，而他和莫妮卡・培波、達德里王子，和傑瑞・里佛斯則搭乘豪華轎車前往世外桃源。

前流浪漢圖勞特於是有了昂貴的衣物，包括鞋子、襪子、內衣，和袖釦，以及原本屬於若頓・培波的路易威登（Louis Vuitton）旅行袋。大家都同意莫妮卡的丈夫死了還比較好。否則他有什麼好期待的？

當圖勞特在西一五五街發現若頓的扁平拉長的輪椅時，他將輪椅靠在一棵樹旁，並且說這是一件現代藝術。兩個輪子已經被壓扁在一起了，所以看起來好像一個輪子。圖勞特說它是一隻鋁和皮合製而成的六呎螳螂想要騎單輪車的模樣。

他稱之爲「二十一世紀的精神」。

55

幾年前我在肯塔基馬賽中遇見作家狄克・法蘭西斯（Dick Francis）。我知道他曾經是障礙馬賽的冠軍騎師。我說他比我想像中來得高大。他回答說，在障礙馬賽中需要一個高大的男人才能「掌控一匹馬」。我想，他的影像之所以留在我的記憶深處許久，是因爲生命本身似乎也很像那樣：生命是在掌控個人的自尊，而非一匹馬，而自尊則被期待跳躍重重的柵欄、障礙，及水池。

我親愛的女兒，十三歲的莉莉，已經成爲一名漂亮的青少年。在我看來，她就如同美國大多數的青少年一樣，正在一場非常可怕的障礙馬賽中，盡最大的力量掌控她的自尊。

巴特勒大學的畢業生不比莉莉大多少，我對他們說，他們被稱之爲「X世代」，離終點還差兩格，但是他們就跟亞當和夏娃一樣，都是「A世代」。眞是胡說八道！

「後見之明！」亡羊補牢，猶未晚也！唯有在一九九六年的這一刻，當我正要寫下一個句子時，我才了解到伊甸園的意象對於我的年輕聽衆來說，顯得多麼地無意義，因爲世界上早已到處充斥著暗地驚恐的人們，也過度地種植、安裝了天然及人爲的詭雷。

下一個句子：我應該告訴他們，他們就像是年輕時，駕馭著一匹充滿驕傲與驚恐的馬，等候在障礙馬賽起跑柵欄中的狄克・法蘭西斯。

還有：如果一匹駿馬在障礙物前一次又一次的裹足不前，這匹馬就會被趕到牧場上放牧（譯註：被丟棄之意。）。與我年齡相仿，或是更大的美國中產階級還活著的，絕大部分的自尊現在都已經被趕到牧場上放牧了，到牧場這個地方還不壞。他們可以大肆咀嚼，也可以反芻食物。

如果自尊跌斷了一條腿，這條腿永遠也不會痊癒。它的主人必須射殺它。我的母親、海明威、我的前文學經紀人、潔新・科辛斯基（Jerzy Kosinski），還有我在芝加哥大學那個心不甘情不願的論文指導教授，以及伊娃・布勞恩現在全都浮現在我的腦海。

但是圖勞特沒有。他不可摧毀的自尊正是我最愛圖勞特的一點。男人愛男人是可以發生的，不管是和平時期或戰時都一樣。我也愛我的戰友伯納・奧哈拉。

很多人會失敗是因爲他們的腦子，也就是他們重達三磅半，浸滿血液的海綿，也就是他們的狗的早餐運轉不靈的緣故。失敗的原因可以像那個原因一樣的簡單。有些人，儘管盡了力，還是不會切芥菜。就是這麼一回事！

我有一個表弟年紀跟我一樣大，在雪齊吉高中念書時成績非常差勁。他是一個笨拙的室內電線養護工，人非常好。有一次他帶回一張很糟糕的成績單。他的父親問他：「這是什麼『意思』？」我的表弟回答如下：「你不『知道』嗎，爸？我很笨，我很『笨』。」

你仔細想想這件事：我的外伯祖卡爾・巴羅斯是美國物理學會的創始人及會長。布朗大學有一棟建築物以他命名。外伯祖卡爾・巴羅斯曾經在該校擔任教授多年。我從來沒有見過他，不過我大哥柏尼見過。直到一九九六年夏天以前，柏尼和我還一直認爲，他爲人類對自然法則的了解做了微薄但可觀的貢獻。

但是在去年六月，我要柏尼告訴我，我們那位傑出的外伯祖所做的一些具體發現，不論多微小都沒關係，我想柏尼顯然是繼承了他的基因。然而柏尼的反應絕對不是「噓尼波噓諾波」，絕對不是立即的。柏尼遲至此刻才困惑地發覺，外伯祖卡爾在物理學上如此吸引人，卻從未告訴他他本身所成就的事蹟。

「我將要去拜訪他。」柏尼說。

抓緊你的帽子！

聽著，外伯祖卡爾在一九〇〇年左右，實驗濃縮的X光和放射線在雲室中所產生的效果，所謂的雲室也就是一個木製圓筒中充滿了他自己所調配的霧。他十分確定地做出結論並公布，電離子在凝結的過程中相當不重要。

各位親友鄰居，大約同一時期，一位蘇格蘭物理學家查爾斯·湯姆森·瑞司·威爾森（Charles Thomson Rees Wilson）做了類似的實驗，但他的雲室是用「玻璃」製成的。這位機伶的蘇格蘭人證實，X光和放射線所製造出來的離子對於凝結有很大的關係。他批評外伯祖卡爾忽略了其雲室木牆中的污染物，粗糙的製雲法，以及沒有保護他的霧避開X光儀器的發電區。

威爾森藉由他的雲室，繼續對肉眼看得到的電離子進行研究。一九二七年，他因爲這項成就而與其他人一同獲得了諾貝爾物理獎。

外伯祖卡爾一定覺得像是被貓拖在地上的東西！

56

我是一名徹頭徹尾的盧德派（Luddite）（譯註：強烈反對機械化或自動化的人），就像圖勞特一樣，也像奈德・盧德一樣，他是一名工人，在十九世紀初期於英格蘭列斯特郡毀壞機器，此人有可能是虛構人物，但也未必。因此，我堅持使用手動打字機。然而在技術上，我依舊領先威廉・斯帝隆與史蒂芬・金好幾個年代，他們的寫作方式跟圖勞特一樣，都是利用筆寫在黃色稿紙上。

我通常利用鋼筆或鉛筆訂正我的作品。我因爲洽公的緣故來到曼哈頓。我打電話給一個幫我重新打字打了好幾年的女人。她也沒有電腦。或許我應該開除她。她已經從城裏搬到鄉間。我問她，那裏的天氣如何。我問她，在她的餵食器上是否有任何不尋常的鳥兒。我也問她，松鼠是否有辦法吃到飼料，諸如此類的事。

對，松鼠有辦法吃到餵食器上的飼料。如果有必要，牠們甚至可以成爲空中飛人。

她過去有背痛的毛病。我問她現在她的背情況如何。她說她的背很好。她問我女兒莉莉好不好。我說莉莉很好。她問莉莉現在多大了，我說她到十二月就滿十四歲了。
她說：「十四歲！天啊，天啊。她好像昨天還是一個小嬰兒。」
我說我還有幾頁需要她打字。她說：「很好。」我必須郵寄給她，因爲她沒有傳眞機。再說一次：或許我應該開除她。
我還是住在我們城裏房子的三樓，而我們並沒有電梯。所以我帶著我的稿子走下樓梯，「咯」，「咯」，「咯」。我下到一樓我太太的辦公室。她在莉莉這麼大的時候最喜歡閱讀女偵探南茜・德魯（Nancy Drew）的小說。
南茜・德魯在吉兒心目中的地位，就好像圖勞特在我心目中的地位。然後吉兒問我：「你去哪裏？」
我說：「我去買一個信封。」
她說：「你又不是沒錢。爲什麼你不買一千個信封放在櫃子裏呢？」她認爲這樣很合邏輯。她有一臺電腦。她還有傳眞機。她還有電話答錄機，所以她不會錯過任何重要的留言。她還有一臺影印機。她什麼垃圾都有。
我說：「我很快就回來。」

我要進入外面的世界了！強盜！簽名狗！毒癮犯！有正當職業的人！或隨便搞一次吧！聯合國官員及外交官！

我們的房子接近聯合國，所以有各種外表看起來眞的像是外國人的人進進出出違法停放的豪華轎車，他們就像其他人一樣，盡全力掌控他們的自尊。我逛了半條街，走到第二街的書報店，那裏也賣文具，我覺得自己好像排名第三精彩的電影《北非諜影》中的亨佛萊・鮑嘉或彼得・勞瑞。

排名第一的電影，有點頭腦的人都曉得，是《狗臉的歲月》。排名第二的電影是《彗星美人》（All about Eve）。

我還有機會看見凱瑟琳・赫本，她眞是「不折不扣」的電影明星！她離我們住的地方只有一條街遠！當我跟她說話時，我會報上我的名字，而她總是說：「喔，沒錯，你是我哥哥的朋友。」不過我並不認識她哥哥。

今天運氣沒那麼好，不過無所謂。我是哲學家。我必須如此。

我走進那家書報店。有一羣相當貧窮、不太值得活下去的人正在排隊買樂透彩券或是其他破爛。所有人都很冷靜。他們假裝不知道我是名人。

那間店面是夫妻聯合經營的，他們是「印度人」，貨眞價實的「印度人」！那個女人的眼睛之間有一顆很小的紅寶石色的點。光是這點這趟出訪就已經值回票價。誰需要信封來著？

你必須記住這點，一個吻還是一個吻，一聲嘆息還是一聲嘆息。

我很清楚印度人文具的擺放位置，功力與他們不相上下。我的人類學總算有點用處。我無需任何協助，即可找到一個九乘十二的馬尼拉信封，同時想到一個關於芝加哥棒球隊小熊隊的笑話。小熊隊傳聞要搬到菲律賓羣島，在那裏他們將重新取名爲馬尼拉檔案夾。對於波士頓紅襪隊來說，這也是一個很好的笑話。

我排在隊伍最後面，和一位不是買樂透彩券的客人聊天。這些被希望與命理學剝去一層皮的樂透迷可能也是後時震冷漠症的受害者。你可以用十八輪的車子碾過他們。他們不會在乎的。

57

我從書報店往南走一條街到郵局，在那裏我暗戀一位櫃檯後面的女人。我已經將我的文稿放入馬尼拉信封中。我寫好地址，然後排在另一條長長的隊伍的最後面。我現在只差郵資了！嘖、嘖、嘖！

我愛上的那個女人並不知道我愛她。你想談談撲克臉嗎？當她的目光與我的目光接觸時，她看起來像是在看著一顆哈密瓜！

因爲她坐著工作，也因爲櫃檯以及她所穿的工作服的緣故，我向來都只看到她頸部以上的位置。那就夠了！從頸部以上看來，她就像是一頓感恩節大餐！我並不是說她看起來像一盤火雞、甘薯和藍莓醬。我是說她讓我覺得，那正是擺在我面前的大餐。開動了！開動了！

我相信即使未經修飾，她的脖子、臉、耳朵，和頭髮依然是一頓感恩節大餐！不過她倒是天天更新她耳朵和脖子上晃來晃去的東西。有時候她的頭髮會盤上去，有時候放下來。有時候她是卷髮，有時候她是直髮。她所不能改變的只有眼睛和嘴唇！有一天我從吸血鬼的女兒手中買了一張郵票！隔天她又成了聖母瑪莉亞。

這次她是在《火山邊緣之戀》（*Stromboli*）中的英格麗褒曼。但是她距離我非常的遙遠。有很多腦筋不清楚、算錢再也不靈光的老傢伙，還有一些說話嘰哩呱啦，怎麼都難以想像是英語的移民，排在我前面。

有一次我還在那家郵局便利中心被扒了口袋。便利誰啊？

於是我將等待的時間善加利用。我聽到了我永遠不會有的笨老闆和蠢工作的事情、我永遠看不到的世界的事情、我希望我永遠不會得到的疾病，和人類擁有的各式各樣的狗等等之類的事。我靠電腦聽到這些事嗎？不，我靠的是失去的說話藝術。

最後我終於由全天下唯一一個可以讓我由衷快樂的女人爲我稱了信封的重量，貼上了郵票。有了她我就不用「假裝」了。

我回到家。我度過了一段很愉快的光陰。聽著，我們是來到世上混日子的。不要讓任何人以爲你與衆不同！

58

在以自動駕駛儀飛行的七十三年當中，不論時光倒流與否，我一直在教授創作課程。一開始的時候是在一九六五年，我先在愛荷華大學教課，之後到哈佛，然後到紐約都會學院。現在我不再授課了。

我教導學生如何利用紙上的筆墨進行社交活動。我告訴我的學生，當他們在寫作時，他們應該是盲目約會中的好對象，可以讓陌生人度過一段愉快的時光。或者，他們也可以去逛一些不錯的妓院，逛個一家，或是全都去逛逛，縱然他們實際上是在全然孤獨的情況下工作。我說我期待他們利用二十六個音標，十個數字，或許再加上八個標點符號，做出各式各樣不同的組合，以這樣的方式來做這件事，因爲這在以前並不是沒有發生過。

一九九六年，電影與電視緊緊地擄獲了識字者和與不識字者的心，一想到此事，我不得不對我那奇怪的美姿學校的價值提出質疑。事情「是」這樣的：以紙上文字進行蓄意的誘惑，對於自以爲是的筆下的衆唐璜及衆克麗奧・佩脫拉來說，實在是太「便宜」了！他們不需要銀行可接受的男女演員來執行這項計畫，也不需要一位銀行可接受的導演等等，更不需要從深知大衆需求的患躁鬱症的專家們身上，蒐集到成千上億的意見。

不過，何必這麼麻煩呢？「我的」答案是這樣的：許多人迫切需要得到這項訊息：「我的感受與想法跟你一樣，我關心的事情有很多都跟你一樣，縱然大部分的人都不關心。你並不孤單。」

我所收養的三個外甥之一史帝夫・亞當斯，幾年前曾是加州洛杉磯一名成功的電視喜劇作家。他大哥吉姆以前是和平部隊的一員，現在則是精神病護士。他的弟弟寇特是大陸航空的退役駕駛員，其制服帽子上有金色穗帶裝飾，袖子上也有金色穗帶。史帝夫的弟弟一直想以飛行做爲謀生工具。美夢成眞！

史帝夫學到一個很現實的觀點，就是他在電視上所說的笑話必須是電視本身所製造出來的笑話，而且是「最近」才發生的。倘若有一則笑話提到的事電視上早已發生超過一個月，那麼即使放出了罐頭笑聲，觀衆還是不知道笑點在哪裏。

你知道嗎？電視是一個「橡皮擦」。

擦掉逝去不久的過去或許眞的讓大多數的人在經歷該事件時好過一些，不論是什麼事。我的第一任妻子珍在歷史系的抗議聲中，贏得史瓦茲莫學院優秀學生榮譽學會會員的頭銜。她在論文及口試中都堅稱，歷史中可以學到的事就是歷史本身毫無意義，所以還是學習其他事物吧，例如音樂。

我同意她的觀點，圖勞特也會同意。但是歷史當時尙未被抹煞。在我開始成爲作家時，我還可以參考過去的事件及人物，即使是遙遠的過去，而且在我提及這些事件時，還能期待會有一羣爲數衆多的讀者會以某種情感予以反應，不論是正面或負面的回應。

一個適當的例子：這個國家有史以來最偉大的總統林肯，被一名二十六歲的蹩腳演員刺殺的事件。

那次的暗殺在《第一次時震》中是一個主要事件。然而六十歲以下，而且不是歷史系的人，還有誰會在乎？

59

以利亞・朋布魯克是一名虛構的羅德島造船工程師，他在內戰期間擔任林肯的海軍助理祕書，也在《第一次時震》中扮演一個角色。我說他對於裝甲軍艦「監視器」號的動力傳動器之設計貢獻很大，但是他卻忽略了他的妻子朱麗亞，使她和一位有幹勁的年輕演員兼無賴約翰・威爾克斯・布斯墜入情網。

朱麗亞曾寫情書給布斯。他們約定在一八六三年四月十四日幽會，也就是布斯用迪林格手槍射殺林肯的前兩年。她從華盛頓前往紐約市，還帶著一位海軍上將酗酒的妻子做爲女伴，假裝是要去購物，躲避圍城的緊張情勢。她們住進布斯所住的飯店，當天晚上還參觀他的表演，他在莎士比亞所著的《凱薩大帝》中飾演馬克・安東尼一角。

身爲馬克・安東尼，布斯會說出一句非常具有預言性的臺詞，應驗了他的情況：「人類所做的惡事會活得比他們久。」

朱麗亞及其女伴後來抵達後臺，不但恭喜布斯，同時也恭喜他的兄弟們，他們分別是扮演布魯特斯的朱尼亞斯，以及扮演凱薩的艾德恩。來自美國的這三兄弟中，布斯排行老么，加上他們的英國父親朱尼亞斯・布魯特斯・布斯，構成直到今日依然是英語舞臺劇史上最偉大的悲劇演員家庭。

布斯親切地親吻朱麗亞的手，宛如他們才剛見面似的，同時悄悄塞給她一包水合氯醛結晶，那是給女伴的麻醉藥酒的主要成分。

布斯讓朱麗亞相信，她從布斯那裏所得到的，將是一杯香檳，以及她餘生懷念的一個吻，等她回到羅德島後，那裏的生活將是單調乏味的。「包法利夫人！」

朱麗亞根本沒想到，布斯會在香檳中下藥，就像「她」在女伴所飲用的戰時白色威士忌中下藥一樣。

叮噹！

布斯使她懷孕了！她以前從未有小孩。她先生的叮噹出了問題。她當時三十一歲！而那位演員則是二十四歲！

難以置信嗎？

她的丈夫欣喜若狂。她懷孕了？海軍助理祕書以利亞・朋布魯克的叮噹絕對沒問題！起錨了！

朱麗亞回到羅德島的朋布魯克鎮，一個以她丈夫的祖先命名的小鎮，懷下這個孩子。她很害怕孩子耳朵的上緣會像約翰・威爾克斯・布斯，像惡魔一樣尖尖的。但是孩子的耳朵很正常。他是個男孩。他受了洗禮，並取名爲「亞伯拉罕・林肯・朋布魯克」。

美國史上最自大、最具毀滅性的惡徒的唯一後代居然取這個名字，最諷刺的是，布斯那晚在朱麗亞的產道中射精兩年後，便將一團鉛送進了林肯的狗的早餐中，送進了林肯的腦中。

二〇〇一年在世外桃源，我詢問圖勞特，他對約翰・威爾克斯・布斯的約略看法。布斯在一八六五年四月十四日耶穌受難日那天晚上，於華盛頓特區福特劇院射殺林肯後，從戲院包廂跳到舞臺，因此摔斷了腿。對於布斯這樣的表演，他認爲「只要是一個演員想要創造出自己的資料時，這便是一種必然會發生的事」。

60

朱麗亞沒有告訴任何人她的祕密。她後悔嗎？她當然後悔，但是並不是後悔愛上他人。當一八八二年她五十歲時，爲了紀念她唯一的婚外情——即便是短暫而不幸，在不說明原由的情況下，她創辦了一個業餘表演團——朋布魯克面具假髮劇團。

亞伯拉罕・林肯・朋布魯克並不知道他實際上是誰的兒子，他在一八八九年建立了印地安首領廠，該廠在一九四七年以前一直是新英格蘭最大的紡織廠，後來亞伯拉罕・林肯・朋布魯克三世爲抵制罷工工人，將工廠停工，然後把公司搬到北卡羅萊納州。亞伯拉罕・林肯・朋布魯克四世後來將公司賣給一家國際集團，該集團又將公司搬到印尼，後來他就死於酗酒。

不是一名出色的演員，不是一名出色的凶手。沒有小精靈般的耳朵。

亞伯拉罕・林肯・朋布魯克三世離開朋布魯克鎮，前往北卡羅來納州之前，他讓一位未婚的非裔美人女傭羅絲瑪麗・史密斯懷孕了。他慷慨地付了她一筆錢讓她保持沉默。當他的孩子法蘭克・史密斯出生時，他已經離開了。

❖

抓緊你的帽子！

法蘭克・史密斯的耳朵是尖的！法蘭克・史密斯必定是業餘表演中最傑出的演員之一。他是黑白混血，只有五呎十吋高。但是在二〇〇一年夏天，他在朋布魯克面具假髮劇團所製作，羅柏・舍伍德（Robert E. Sherwood）所著的《伊利諾州的林肯》（*Abe Lincoln in Illinois*）的白天公演中，飾演林肯這一劇的名角色，表現十分出色，而圖勞特則負責音效部分！

後來在世外桃源的海灘上爲所有的演出人員舉辦了一場野餐會。就像在費里尼（Federico Fellini）的《八又二分之一》中的最後一景，「每個人」都在那裏，即使並非親自出席。莫妮卡・培波像我姊姊愛麗。受雇在夏季策畫這種宴會的當地主持人，很像已逝的出版商西摩・勞倫斯，他出版了《第五號屠宰場》，並且在他的策畫下，將我之前所有的作品出版發行，他將我從某種遺忘中拯救出來，從「碎屑」中拯救出來。

圖勞特看起來像我的父親。

圖勞特在後臺唯一製作過的音效，是在這場他稱之爲「人爲時震」的戲中的最後一幕的最後一景的最後一刻。他備有一個印地安首領廠全盛時期擁有的過時氣笛。一位團員，看起來很像我哥哥的水管工人，將快樂而悲傷的氣笛放在壓縮空氣瓶上面，中間還有一個氣閥。這也正是圖勞特在他所有作品中的寫照：「快樂的悲傷。」

當然有很多團員都沒有在《伊利諾州的林肯》中扮演任何角色，當他們在彩排時看見那個大銅雞，並且聽到水管工人吹奏它的聲音後，都希望至少有機會能吹吹那個大銅雞。但是劇團最主要還是希望圖勞特覺得，他終於回到家了，而且屬於大家庭中重要的一員。

不只是劇團及世外桃源中的家族成員，以及還有聚在舞廳中的戒酒會及戒賭會成員，以及在那裏找到庇護所的疲憊婦孺與祖父母，他們對於圖勞特具有治療功用及鼓勵作用、讓壞時光變成痲痺的咒語都很感激：「你以前病了，但是現在痊癒了，所以還有活要幹呢。」全世界都一樣感激。

61

因爲圖勞特怕極了做吹汽笛這件事，深怕會壞了他家人的「一切」，爲了避免他錯過吹汽笛的暗示，看起來像我哥哥的水管工人便站在他及設備的背後，雙手放在他的老肩膀上。等到圖勞特在演藝事業的初次登臺時間到了之後，他就會輕輕擠壓圖勞特的肩膀。

這齣戲的最後一景設在伊利諾州的春田火車站內。日期是一八六一年二月十一日。林肯這時候是由非美混血，約翰・威爾克斯・布斯的曾曾孫所飾演，當時他已在美國時局最爲黑暗之際當選總統，正要乘火車離開家鄉，前往華盛頓特區，願主保佑。

他說，事實上是林肯說：「沒有人能了解我此刻離別的哀傷。對於這個地方，以及善良的你們，我都有所虧欠。我住在此地已有四分之一世紀了。從年輕人變成了老人。我的孩子在此出生，其中一個葬在此地。我現在離去，不知道何時能再歸來。

「當我們的十一個獨立州宣布脫離聯邦，戰爭的威脅與日遽增之際，我受命就任總統。

「我現在所面臨的是一項重大的責任。爲了迎接這項責任，我試著詢問：是什麼偉大的原則或理想使聯邦政府長期以來結合在一起?我相信這不僅僅是殖民地脫離祖國之事，還包括對於『獨立宣言』所產生的認同感，『獨立宣言』將自由帶給這個國家的人民，也將希望帶給全世界。這樣的情感實現了人類長久以來所懷抱的古老夢想，他們終於可以掙開鎖鍊，在四海之內皆兄弟的國度中找到自由。我們獲得了自由，現在則是這樣的自由是否足以生存的問題了。

「或許我們在可怕的一天中醒來，而美夢已經結束。如果是這樣的話，恐怕它必須永遠結束。我也不敢相信人類能再次擁有我們所擁有的機會。或許我們應該承認，並且勉強接受，我們自由與平等的理念是墮落的、注定要失敗。我聽說一位東方帝王曾經請賢臣告訴他一句話，適用於任何時間與狀況。他們告訴他如下的話：『這也將結束。』

「在不幸的時期，那是令人安慰的想法——『這也將結束。』然而——讓我們相信這不是眞的!讓我們證明，我們可以培養與我們有關的自然世界，可以培養在我們之中的知性與道德的世界，所以我們可以獲得個人的、社會的，及政治的繁榮，其方向是往前的，而且在地球存在之際，不會結束……

「我將你託付上帝照顧，也希望你在祈禱時記得我……再見，我的朋友與鄰居。」

一個飾演陸軍軍官卡瓦納這個小角色的演員說：「火車要開了，總統先生。該上車了。」

在羣衆歌唱〈約翰・布朗之軀體〉（John Brown's Body）時，林肯上了車子。

另一個飾演煞車員的演員，揮了揮手燈。

那就是圖勞特該吹汽笛的時候，而他也吹了。

當帷幕落下後，後面傳來了啜泣聲。腳本上並沒有這一段。這是一段即興表演。這是關於美的表演。這聲音來自圖勞特。

62

在這場專爲參與演出人員所舉辦的海灘野餐會上，我們剛開始所說的任何話都是語帶遲疑與歉疚，幾乎彷彿英文是我們的第二語言般。我們不只是在哀悼林肯，也在哀悼美語「雄辯」之死。

在那裏另一個一模一樣的人是羅絲瑪麗・史密斯，負責劇團服裝的情婦，同時也是超級明星法蘭克・史密斯的母親。她像愛達・楊，是奴隸的孫女，當我小時候她在印第安納波里斯爲我們工作。愛達・楊和我的叔叔亞歷士對我的教養和我雙親一樣多。

沒有人像我的叔叔亞歷士。他不喜歡我的作品。我曾將《泰坦星的海妖》獻給他，而亞歷士叔叔卻說：「我想年輕人應該會喜歡。」沒有人像我嬸嬸艾拉・馮內果・史都華，她是我父親的嫡表親。她和她先生科菲特在肯塔基州路易斯維爾開了一家書店。他們並沒有進我的書，因爲他們發現我書中的語言太猥褻了。當我剛開始寫作時，的確是如此。

❖

如果我有喚回故人的能力，魂魄尚在的故人中我不想喚回的包括：我在雪齊吉高中的九位老師、高中時期邀我爲布洛克百貨公司撰寫青少年服飾廣告文案的菲比・赫提、我的第一任妻子珍、還有我母親，和父親嫡表親的先生約翰・羅區叔叔。約翰叔叔提供我家族在美國的歷史，而我也將之出版於《聖棕樹節》中。

珍所不認識的替身，一位在京斯敦上方的羅德島大學教授生物化學的年輕傲慢的女人，她在我聽力範圍以內，無緣無故提及當天的戲劇表演：「我『等』不及要看看接下來會發生什麼事。」

唯有二〇〇一年那個餐會中的亡者才有魂魄。詩人兼世外桃源的派駐祕書亞瑟・加維・烏爾木，同時也是美國藝術與文學協會的雇員，他的身材矮短，鼻子大大的，很像我的戰友奧哈拉。

我的妻子吉兒還活在世上，感謝上帝，而且還活生生地在那裏，如同諾克斯・柏格一樣，他是我在康乃爾的同學。西方文明第二次自殺的企圖失敗後，諾克斯成爲《柯里爾》

（*Collier*）週刊的小說編輯，這家出版社每週出版五個短篇故事。諾克斯給了我一個很好的文學經紀人肯尼士・李特爾上校，他是一次大戰時期第一個以機槍掃射戰壕的駕駛員。

圖勞特在《我以自動駕駛儀飛行的十年生涯》中曾經提到，我們最好開始爲時震編號，就如同我們會爲世界大戰及超級盃編號一樣。

李特爾上校賣掉我十幾篇的故事，其中幾篇賣給諾克斯，使我得以辭掉通用公司的工作，帶著珍和兩個孩子搬到鱈角擔任自由作家。當雜誌因爲電視而垮掉之後，諾克斯便成爲平裝書的編輯。他出版了三本我的書，書名如下：《泰坦星的海妖》、《妓院中的金絲雀》（*Canary in a Cattouse*），及《夜母》。

諾克斯給了我一個開始，然後讓我繼續維持下去，直到他無法幫我爲止。接著西摩勞倫斯又對我伸出援手。

海邊野餐會中還有五個活生生的人，他們年齡只有我的一半，因爲他們對我作品的興趣，使我在遲暮之年還想繼續努力。他們到那裏不是爲了要見我。他們主要是想看看圖勞特。他們分別是羅伯特・韋德，他於一九九六年夏天在蒙特婁製作了《夜母》的電影；將我的生平與作品編寫並出版成一本詼諧的百科全書的馬克・里茲；還有亞撒・皮爾瑞特及傑洛米・克林柯維茲，他們負責更新我的文獻，並寫一些關於我的評論；以及喬・培洛三世，名字宛如世界大戰一樣編號，他教我如何使用絹印法。

我最親密的生意伙伴唐・法波，一個律師兼經紀人，他和他親愛的妻子安也一同出席。我最親密的社交伙伴錫德尼・歐菲特也在那裏。評論家約翰・雷奧納德也在那裏，還有院士彼得・瑞德與羅利・瑞克斯卓，還有攝影師克里夫・麥卡錫，還有其他的陌生人，爲數衆多，難以一一陳述。

專業演員凱文・麥卡錫與尼克・諾特也在場。

❖

我的孩子與孫兒都不在場。那還好，完全可以理解。當天不是我的生日，而且我也不是主客。當天晚上的主角是法蘭克・史密斯與圖勞特。我的孩子及我孩子的孩子還有其他魚要烤（譯註：另有要事要做之意）。或許我應該說我的孩子及我孩子的孩子還有其他的龍蝦、蛤蠣、馬鈴薯，帶穗軸的玉米要在海藻裏蒸。

隨你高興怎麼說！

沒錯！記住外伯祖卡爾・巴羅斯，沒錯！

63

這並不是一部哥德式小說。我已逝的朋友，一流的南方小說家包登・迪爾（Borden Deel），因爲太南方了，所以他要求出版商不要把梅生・狄克森分界線（編按：美國馬里蘭州與賓夕法尼亞州之間的分界線，即過去美國南方各州與北方各州的分界線）以北的評論寄給他，他也以女性筆名著述哥德式小說。我曾經請他爲哥德式小說下定義。他回答：「一個年輕女子進入一棟老房子，然後嚇得褲子掉下來。」

包登跟我說這句話的時候，我們正在奧地利維也納，一同參加國際筆會的會議，那是第一次世界大戰之後所創立的國際性的作家組織。我們後來繼續談到德國小說家利奧波德・馮・沙契爾・馬索赫（Leopold von Sacher-Masoch），於上一個世紀末在書中揭露，恥辱與痛苦是多麼愉悅的一件事。因爲他的緣故，現代語言多了「馬索赫主義」（masochism）（譯註：受虐狂之意）這個名詞。

包登不只寫嚴肅小說與哥德式小說。他還寫鄉村音樂。他在飯店房間還有一把吉他，他說他正在寫一首歌，叫做〈我從未在維也納跳華爾滋〉（I Never Waltzed in Vienna）。我很想念他。我要一個長得像包登的人出席海灘野餐會，在近海上的一條小船上，還要坐著兩名酷似聖者勞萊與哈臺的倒楣漁夫。

那就這樣吧。

包登和我想著諸如馬索赫及馬奎斯・狄薩德（Marquis de Sade）的小說家，沙德有意或無意間發明了新詞彙。「薩德主義」（Sadism）（譯註：虐待狂）是對其他人痛苦時所產生的快感。「薩德馬索赫主義」（Sadomasochism）指的是傷害他人、被他人傷害，或傷害自己時會極爲爽快。

包登說現在沒有這些詞彙，就好像試圖形容生活，卻沒有啤酒或水這些詞彙可用一樣。

我們唯一想得到，曾經發明新字彙的當代美國作家，而且絕非因爲他是著名的性倒錯者之故，不過他倒也不是，這個人就是約瑟夫・海勒（Joseph Heller）。他的第一本小說《進退兩難》（*Catch-22*）這個名稱在我的《韋氏大學字典》（*Webster's Collegiate Dictionary*）中這樣被定義：「唯一的解決之道被問題固有的環境所拒絕。」

讀讀這本書吧！

我告訴包登，海勒在專訪中被問及是否害怕死亡時如何答覆。海勒說他從來沒有做過根管治療。他認識的很多人曾經有過這樣的經驗。海勒說，從這些人所告訴他的經驗中，他猜想，如果他必須做這種治療的話，他應該能夠忍受一次。

他說，那就是他對死亡的感受。

那讓我想起蕭伯納的一齣戲，他的人爲時震《重獲長生》（*Back to Methuselah*）。整齣戲總共有十個小時！它最後一次全劇上演是在一九二二年，我出生的那一年。

有一景是這樣的：現在亞當和夏娃見過世面有很長一段時間了，他們正在他們繁榮的、和平的、美麗的農莊的大門口等待主人上帝一年一度的來訪。截至目前爲止上帝已經來訪了上千次，之前每一次的來訪，他們只能告訴祂一切安好，而他們十分感激。

這一次，亞當與夏娃極度興奮，雖然害怕卻很驕傲。他們有「新的」事情要告訴上帝。

所以上帝出現了，和顏悅色、莊嚴雄偉、老當益壯又親切，就像我的外祖父釀酒業者亞伯特・李雅柏一樣。祂問到一切是否令人滿意，心想祂知道答案，因爲祂已經盡他所能，創造出完美的人。

亞當與夏娃此刻再也沒有比現在更相愛了，他們告訴上帝，他們覺得生活還不錯，但是如果他們能知道生命終將「結束」，他們的生活會更好一點。

芝加哥是一個比紐約還要好的城市，因爲芝加哥有巷子。垃圾不會在人行道上堆積。垃圾車不會阻礙主要道路。

一九六六年，當我們都在愛荷華大學的作家創作坊授課時，已逝的美國小說家尼爾森・阿爾葛倫（Nelson Algren）曾對已逝的智利小說家荷西・多諾索（José Donoso）說過：「來自一個又長又窄的國家感覺一定很不錯。」

❖

你以爲古代羅馬人很聰明嗎？瞧瞧他們的數字多蠢。關於他們沒落與滅亡的理論之一是說，他們的水管是鉛做的。「水管」的字根是「plumbum」，也就是拉丁文「鉛」的意思。

「你的」理由是什麼？

不久前我接到一個女人寫來的一封很感傷的信。她知道我也很感傷，因爲我是一個北方的民主黨員。她當時懷孕了，而她想知道讓一名無辜的小嬰兒來到一個惡劣的世界是否是個錯誤。

我回答她，我所遇見的聖者，舉止無私、能幹，幾乎讓我覺得活著很值得。他們總是在最出乎意料的地方出現。親愛的讀者，或許你就是，或是可以變成，她親愛的孩子將會預見的聖者。

我相信原罪。我也相信原善。看看你的周遭吧！

詹蒂碧認爲她的丈夫蘇格拉底是個傻瓜。蕾伊嬸嬸認爲亞歷士叔叔是個傻瓜。母親認爲父親是個傻瓜。我太太認爲我是一個傻瓜。

我又放縱，又迷惑了，又變成了一個低聲啜泣、癡癡傻笑的孩子。迷惑的、苦惱的、困惑的我。

當勞萊和哈臺正在五十碼以外的船上之際，圖勞特在海灘野餐會上說到，年輕人之所以喜歡槍殺畫面頻頻的電影，是因爲這些電影顯示出死亡毫無痛楚，攜帶槍枝的人可以被視爲自由痲醉師。

他好快樂！他好受歡迎！他穿上屬於若頓・培波的晚禮服、硬胸襯衫、紅色寬腰帶和蝶形領結，把自己裝扮得體體面面。我到他的套房站在他後面幫他打領結，如同我大哥在我自己會打蝶形領結之前爲我所做的事一樣。

在海灘上，圖勞特所說的每一句話都會贏得笑聲與喝采。他不敢相信！他說金字塔與巨石柱羣是建築於地心引力非常微弱的時期，當時大圓石可以像沙發枕一樣扔來扔去，而大家也都很喜歡他這樣的說法。他們還要求他再多說一些話。他告訴他們〈再吻我一次〉（Kiss Me Again）中的臺詞：「美麗的女人不可能長時間地保住青春。叮噹？」大家告訴他，他跟王爾德一樣詼諧！

了解，這個人在海灘野餐會之前聽衆最多的就是砲兵中隊，當時是第二次世界大戰期間，他在歐洲擔任偵察兵。

「叮噹！如果這樣還不夠美好，那還有什麼是美好的？」他對我們大聲喊道。

我從羣衆後方回答他：「你以前病了，但是現在痊癒了，所以還有活要幹呢。」

我的演講經紀人珍妮特・寇斯比當時也在場。

十點鐘，這個很久未曾出書的老科幻小說家宣布就寢時間到了。他還有最後一件事要跟我們大家說，對他的「家人」說。如同一位從觀眾羣中尋找志願者的魔術師，他要求一個人站在他旁邊，照他的話做。我舉起了手。「我，我志願。」我說。

當我走到他的右邊時，羣衆鴉雀無聲。

「宇宙擴展的如此龐大，」他說：「除了小小的失常之外，即使是在最不合理的時間內，光速還是不足以進行任何旅行。他們說，當最快速的事物變得可行後，光速現在便隸屬於歷史的墓地中，就像乘快馬送信的制度一樣。

「我現在請這位膽敢站在我身旁的人從我們上面天空微弱的星光中挑選兩個閃爍的點。它們是什麼星星並不重要，不過它們必須會發亮。如果它們不會發亮，那它們不是行星就是衛星。今晚我們對行星或衛星沒興趣。」

我選了兩點的燈光，距離大約有十呎。一顆是北極星，另一顆我不知道是什麼。就我所知，那顆是驃克星，圖勞特作品中提到的2B鉛筆大小的恆星。

「它們會閃爍嗎？」他問。

「對，它們會閃爍。」我說。

「你保證？」他說。

「我發誓。」我說。

「太好了！叮噹！」他說：「那麼：不論這兩個亮光代表什麼天體，我們可以確定的是，宇宙已經變得非常稀薄，薄到以光速從一端抵達另一端都將花上數千或數百萬年的時間。叮噹？但是我現在要你準確地看著其中一點，然後再準確地看著另外一點。」

「好，」我說：「我做了。」

「需不需要花上一秒鐘？」他說。

「不需要。」我說。

「即使你花一小時的時間，」他說：「在這兩個天體的所在位置之間，還是會有某樣東西在兩者之間穿梭，根據保守估計，其速度是光速的一百萬倍。」

「那是什麼東西？」我說。

「你的意識，」他說：「那是宇宙的新特質，只因爲世上有人才得以存在。物理學家從現在起，在思考宇宙祕密之際，不但要考慮能量、物質、時間，還要顧及某個既新奇又美麗的事物，那就是『人類的意識』。」

圖勞特停了下來，用左手拇指按一按上面的假牙，以確保他在那個迷人的夜晚對我們說出他最終的話語時，他的假牙不會鬆掉。

他的牙齒沒有問題了。這是他的最後一幕：「我想到一個比『意識』更好的字，」他說：「且讓我們稱之爲『靈魂』。」他停了下來。

「叮噹？」他說。

後記

我唯一的哥哥柏尼，在當了二十五年的鰥夫，與癌症長期抗戰後，以八十二歲之齡在四天前於一九九七年四月二十五日過世了，死的時候沒有受到很大的痛苦。他是奧爾班尼紐約州立大學大氣科學研究中心的一名資深研究名譽科學家，同時也是五個好兒子的父親。

我當時七十四歲。我們的姊姊愛麗應該是七十九歲。在她四十一歲過世時，我曾說過：「愛麗會是一個很棒的老婦人。」沒這個福分。

柏尼幸運多了。他死的時候是一個衆人鍾愛、個性親切、風趣、聰明之至的老頭子。他到後來沉迷於收集愛因斯坦的名言。範例如下：「我們所能體驗最美的事物就是神祕。它是所有眞實藝術與科學的來源。」另一則是：「物理的概念表面上看起來是由外界單獨決定的，實際上卻是人類心靈自由的創作。」

愛因斯坦最著名的據說是這句話：「我從不相信上帝和世界擲骰子。」柏尼本身對於世界如何被對待的看法沒有什麼偏見，所以他認爲在激烈的處境下採取祈禱的方式或許有幫助。當他的兒子泰瑞得到咽喉癌時，向來是實驗主義者的柏尼也爲兒子祈禱早日康復。而泰瑞眞的活了下來。

碘化銀也是同樣的情況。柏尼想知道看起來很像凍結水晶體的碘化銀晶體，能否讓雲層中過度冷卻的小水滴結成冰，變成雪。他姑且一試，結果成功了。

他花了專業生涯的最後十年，企圖推翻一個古老、廣受尊敬的觀點，也就是雷雨中的電荷出自何處，去處爲何，以及它們的行爲及原因。結果他遭到衆人的反對。在他所寫的超過一百五十篇的論文中，最後一篇是在他死後才發表的，內容所描述的實驗可以淸楚證明他到底是對是錯。

不論是對是錯，他都不會輸。不論實驗演變爲何，他都會發現結果非常有趣。不管是對是錯，他都會哈哈大笑。

他比我所描述的還要風趣。經濟大蕭條期間，我跟在他後面所學到的笑話，跟我從電影及廣播的喜劇演員中所學到的笑話一樣多。我很榮幸他也認爲我很風趣。我發現他收集了一些我曾經娛樂他的東西。其中一樣是一封我二十五歲時寫給亞歷士叔叔的信。當時，我尙未發表任何作品，有妻子跟一個兒子，而且剛從芝加哥出來爲紐約州斯克內克塔迪的通用公司擔任公關。

我之所以得到這份工作，是因爲柏尼從事造雲實驗，在與歐文・藍穆爾及文森・史加佛有關連的通用研究實驗室已經是個名人，也因爲該公司決定雇用一名全職的報業人員處理其對外事項之故。在柏尼的建議下，通用公司將我從芝加哥新聞局挖走，我在那裏一直是一名優秀的記者。我同時也在芝加哥大學修習人類學碩士學位。

那時我以爲亞歷士叔叔知道柏尼和我在通用工作，而且知道我待在公關部門。但是他「不」知道！

有一次亞歷士叔叔看到報紙雜誌聯盟所提供的一張柏尼的照片，出自《斯克內克塔迪報》（*Schenectady Gazette*）。他去函給那家報社，說明他對他的姪子感到「有一點驕傲」，並且想要一張照片。他隨函附上一元。那家「報社」的照片來自通用公司，所以便將信轉寄給我的新雇主。我的新老闆理所當然便將它交給了我。

我用通用公司藍色的信紙回信如下：

親愛的馮內果先生：

《斯克內克塔迪報》的總編輯艾德華・席馬克先生將您在十一月二十六日的信交付給我。

通用公司柏尼馮內果先生的照片源自敝公司。然而，我們的檔案中已無多餘的照片，而底片又在美國訊號公司的手中。此外，我們還有許多要事在身，沒空理會你這個小買賣。

不過我們倒是有廉價的施泰因梅茲的照片，我願意浪費我的寶貴時間寄給你。不過別催我。「有一點驕傲。」的確！哈！馮內果！哈！這家公司造就了你的姪子，而我們也可以在瞬間毀滅他——就像蛋殼一樣。所以你如果在一、二週內尚未收到照片切勿大驚小怪。

還有，一元對於通用公司來說，好比暴風中的屁一樣。就此歸還。別弄丟了。

通用通司公關室蓋·佛克斯　敬啟

你可以看到，我署名「蓋·佛克斯」（譯註：一六〇五年英國火藥陰謀事件的主謀之一），英國歷史上一個聲名狼藉的名字。

亞歷士叔叔覺得備受侮辱，氣得抓下他的假髮。他將信拿給律師，詢問該採取何種法律步驟，迫使公司擔任要職的人告饒，並且讓該信的作者丟掉工作。他打算寫信給通用公司的總裁，告訴他，他有一名員工不知道一元的價值。

在他採取上述步驟之前，有人告訴他蓋・佛克斯乃是歷史名人，還有這封引人大笑的怪信必定是我開的玩笑。他因爲我如此愚弄他而想要殺了我。我不認爲他原諒了我，雖然我原來的用意只是想讓他開懷大笑。

如果他把我的回函寄給通用公司，要求精神賠償，我一定會被開除。我不知道這樣一來，我和妻子和兒子將會有怎麼樣的後果。我也不會有《自動鋼琴》、《貓的搖籃》及幾個短篇故事的題材了。

亞歷士叔叔把蓋・佛克斯署名的信給了柏尼。柏尼臨終之際又把它給了我。否則，這封信早就流失了。但是它就在這裏。

時震！我再次回到一九四七年，才剛到通用公司工作，然後時光倒流就開始了。我們所有人都必須將第一次所做過的每件事重新再做一次，不論好壞與否。

在審判日中情有可原的情況是：我們從未說過要出生於這個世界。

我是家中的老么。現在我再也沒有任何人可以炫耀了。

❖

在奧爾班尼聖彼得醫院的病房中，有一個在柏尼生命最後十天才認識他的女人，形容他瀕臨死亡時的樣子非常「謙恭」及「優雅」。多麼了不起的哥哥！

多麼了不起的語言。

國家圖書館出版品預行編目資料

時震 / 馮內果 (Kurt Vonnegut) 原著 ； 陳靜萍譯. -- 初版. -- 臺北市 ： 麥田出版：城邦文化發行 ，1999[民 88]
面； 公分. — (馮內果作品集；19)

ISBN 957-708-767-1（平裝）

874.57 88004044

cité 城邦

讀者回函卡

9XY1R

立即回覆！
免費贈送
1. 口袋版「百科全書」
2. 三期「城邦閱讀」書訊

城邦出版集團感謝你的購書，現在，你只需填妥回函立即傳真或郵寄回覆，就可免費獲得城邦出版集團精心準備的贈禮和獎品！（1999年12月31日前回覆有效）

1.免費參加　「口袋版百科全書」抽獎（價值700元）
每月抽出10名，抽獎日期：每月15日

2.免費贈送　免費贈送三期「城邦閱讀」書訊，並可不定期收到城邦各項新書資訊及特惠情報。

購書資料

購買書名：＿＿＿＿＿＿＿＿

購買地點：□書店　□郵購　□其它：

閱讀喜好：□文學　□商業　□軍事　□歷史　□旅遊　□藝術　□科學　□推理　□百科　□星座　□食譜　□傳記　□其他＿＿＿＿

我要加入「書蟲俱樂部」 □請勾選

會 員 別：□蝴蝶會員，年費600元
□蜜蜂會員，年費360元

□ 我暫時不加入「書蟲俱樂部」，但可免費獲贈三期「城邦閱讀」書訊

讀者資料(請填寫清楚以便寄贈書訊)

姓名：＿＿＿＿＿＿＿＿　生日：　年　月　日

身份證號：□□□□□□□□□□　性別：□男　□女

地址：□□□＿＿＿＿＿＿＿＿

電話：（宅）＿＿＿＿＿＿（公）＿＿＿＿＿＿

職業：□民營企業上班族　□軍警公教　□自由業　□農林漁牧　□學生　□家管　□其它

學歷：□碩士及以上　□大學　□專科　□高中　□國中及以下

「書蟲俱樂部」入會辦法：

1. 填妥讀者回函卡，放大後傳真或郵寄即可。
2. 會員類別：蝴蝶會員，年費600元；一年內可免費挑選6本會員選書。
蜜蜂會員，年費360元；一年內可免費挑選3本會員選書。

傳真：(02)2391-9882　電話：(02)2397-9853~4

100 台北市信義路二段213號11樓

城邦文化事業(股)公司　收

廣　告　回　郵
北區郵政管理局登記證
北台字第10158號
免　貼　郵　票

It is fun to read!

歡迎您加入國內首創的、也是最好的閱讀俱樂部：

免費獲贈《城邦閱讀》書訊，全年 6 期！

你可免費收到一年 6 期《城邦閱讀》書訊（價值360元），每期內容都有豐富的新書、好書出版資訊，專家名人及作者的精采評論或導讀，與你共享閱讀的樂趣。

免費送你多達 6 本新書，任君挑選！物超所值！

現在成為會員，你即可從《城邦閱讀》書訊中，分次或一次挑足自己最喜愛的新書；蝴蝶會員免費挑選 6 本書，蜜蜂會員免費挑選 3 本書！

（選書範圍以當期書訊「會員選書」為限）

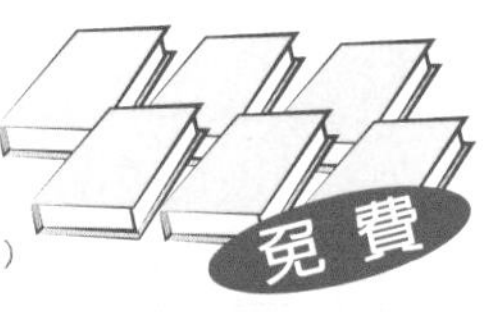

享受全年5～8折的優惠！會員專享！

《城邦閱讀》書訊中每期三、四十種、全年五百種以上各類新書，你都能享受「會員價」的特別優惠，還有你意想不到的每期「會員特惠活動」，只有會員才享有！

（會員價約市價5~8折；部份特價書除外。）

紅利積點大酬賓，免費兌換好書！

城邦真心回饋書蟲會員，你購書金額每20元可累積 1 點紅利，每滿150點即可免費兌換會員選書一本，積點愈多，兌換愈多免費好書！

（兌換範圍以當期書訊中標示「會員選書」為限，紅利計算不含會員年費及郵寄費。）

還將陸續推出多項會員專享特惠活動、免費贈品，你都可優先享受！